未读 | 文艺家

孩子的季节

佐野洋子
Sano Yoko
作品集

こどもの季節
恋愛論序説

UNREAD

〔日〕佐野洋子 著
马文赫 译

海峡出版发行集团 | 海峡文艺出版社

目录

六岁—冬 001
九岁—初夏 015
十岁—秋 031
十二岁—初春 041
十四岁—冬 057
十七岁—秋 071
二十一岁—夏 085

孩子的季节 105
公主的手指 107
小小的神明 111
四方形的天空 118
白色原野 125

后记 132
附录
连光寺清晨的忧郁 133
看破缺点的才能 144

六岁一冬

我吃完午饭，一出门，就看到小健蹲在洋槐树下捡树叶。小健穿着白色的水手服，正在收集有点发黄的落叶。

小健握着叶杆，轻轻地举起叶子，但叶子已经蔫儿了，哗啦哗啦就掉了下来。

我知道小健其实是想找更好的叶子，于是跳起来够到最下面的树枝，把它拽了过来。

“谢谢。”小健从树枝上摘了一些新鲜的绿叶之后说，“好啦！”

我松开了树枝。

树枝嗖的一声弹了回去，上面的尖刺划伤了我的手掌，一道又细又红的印子显现出来，火辣辣地疼。

我不想被小健发现，便故作镇定，但小健什么都能察觉到。

“疼吗？”小健问。

“不疼。”我答道。

“洋子真像个男孩子啊！”

我没说话。

每次看到小健独自远离其他人，在不远处默默注视大家的样子，我都会想，要是我能成为小健的新娘就好了。但是我都上一年级了，小健才五岁，他是不可能让我做他的新娘的吧？

我和小健在洋槐树下，用新鲜的绿叶玩起了伊吕波歌的游戏。小健从上面拿了一片叶子撕了一半，我从最下面拿了一片叶子撕了一半。谁赶上“花虽芬芳终须落”的“落”字，谁手里的叶子就要被对方撕碎。

“花虽芬芳终须落，花虽芬芳终须落……”我希望小健的叶子不要碰上“落”字。

小健用细细的手指数着叶子。“花虽芬芳终须落”，赶上“落”字的是我的叶子，小健把我的叶子拿走撕掉了。

“赢啦，是我赢了！”

“再来一次，”我又拿了一片叶子，“这次我拿上面的叶子。”

这时，三年级的小宏经过，照着小健的头就来了一拳，撂下一句“哼，女孩子家家的游戏”，便扬长而去。

小健顿时满脸通红地愣在原地，眼泪簌簌地流了下来，他一边站起身，一边说：“我回去了。”

我沉默地望着身穿白色水手服的小健离去的背影，穿过刷着白漆的玄关，进家去了。

隔壁的聪子和我玩抢地盘游戏时耍赖了。

“你耍赖！”

“没耍赖！”

聪子气定神闲地用粉笔画着自己的地盘。

“没耍赖？”

我使劲撞了一下聪子。

“你干吗？！”聪子一把抓住我的头发把我拖到地上。

我朝聪子的肚子咬了一口。

“哎哟！”她喊了一声，大哭着跑走了。我虽然狠狠地咬下去了，但是因为滑了一下，其实只咬到了她的裤子而已。

之前在附近玩踢罐子游戏的小宏那伙人围了过来：“打得好！打得好！再来两下！”听到他们这样喊，聪子一边往家走，一边哭喊着：“妈妈，洋子咬我！”

“赖皮，赖皮，聪子是大赖皮！”我冲着聪子的背影大叫道。

小健一直站得远远地看着我，我感觉自己的心就像被洋槐树枝划到一般火辣辣地疼。

很快日本就卷入了战争，因此，我也没法再去学校了。

爸爸也不去公司了。小健的爸爸去了战场，再也没有回来。我的学校成了中国孩子的学校。

城里来了很多苏联的军队。我们一看到苏联人，就赶紧跑回家里把门锁上。过了一阵子，看到苏联人之后，我们不再跑了，而是站在洋槐树底下观察他们。

苏联人都有三四块手表。

我观察苏联人的时候，小健也在家里透过窗户偷偷瞄着苏联人。

我跑到小健窗户下面说："一点都不可怕哦！"

小健说："洋子好厉害。"

听到他的话，我忽然感觉不好意思了。

冬天了。

爸爸整天待在家里。他抱着我坐在摇椅上，一边摇一边给我读各种书。

下雪了。

爸爸把滑冰鞋拆了，做了个雪橇。小小的木盒子下面安装了滑冰鞋的冰刀，盒子上还绑了红色的绳子。

"爸爸，日本也会下雪吗？"

"日本不会下这么大。"

“爸爸，如果回日本的话，你会去公司吗？”

“会去。”

“日本也有苏联人吗？”

“日本没有吧。”

“爸爸，小健的爸爸还会回来吗？”

“会回来的。”

“可他要是在小健回日本以后才回来该怎么办？”

“没准他会比小健先回日本呢。”

“小健的妈妈生着病呢，能回日本吗？”

“可能是小健先回去吧。”

“他会和我们一起回去吗？”

“不知道啊。来，在家门口这条路上滑吧。”

我去隔壁把聪子叫过来。聪子看到我的雪橇之后说：“好棒，可以让我坐坐吗？”

“嗯，不过要等我滑完。”

我跟聪子两个人拉着雪橇的红绳，爬上家门口那条两旁种着洋槐树的坡道。

小宏那帮人正在坡上打雪仗。

聪子冲小宏他们喊道：“还打雪仗呢，真傻！”

小宏他们看到我的雪橇，也不打雪仗了，全凑过来看。

“真帅，这雪橇是谁的？”

“我俩的。”聪子说。

“是我的。”我说。

“借我玩玩。”小宏说罢就拽着红绳把雪橇拉走了。接着，他跨到雪橇上，一边喊着“闪开闪开，撞到谁我可不管啊！”一边滑了出去。

雪橇沿着坡道往下滑，出发的时候是从路正中间滑下去的，可是滑着滑着就歪向一边停不下来了。

之后，雪橇撞到了坡道底下的一棵洋槐树，小宏也从雪橇上摔了出来。

我和聪子急急忙忙地跑过去，冲着小宏喊道：“还给我们！”

小宏爬起来，浑身都是雪。“什么破东西。”他边说边踢了雪橇一脚，悻悻地走了。

之后我和聪子两个人一起玩了很久。

聪子今天的态度非常亲切。

天渐渐黑下来，聪子和我道别后就回家了。我回家时路过小健家门口，看到他正在窗户边朝外看。

“小健，你想坐雪橇吗？”

“吓人吗？”

“不吓人。明天一起玩吧？”

“嗯。”

小健一边关上双层窗户里的小玻璃窗一边说道："我们要回国了。"

"什么时候？"

"下周二。"

"哦……"

小健把窗户锁上了。

雪不停地下着。

我躺在床上睡不着。天真黑呀！时不时听到苏联军队行进时，踩在雪上发出的声响。

小健来找我玩了。外面还下着雪，小健的头上也落了一些雪花。

一到小健身边，我就感觉好冷，稍微离开点就不冷了，再靠近又感觉好冷，离开点就又不冷了。就这样，他身上的寒气慢慢消散后，小健又变成普通人了。

小健给了我一盒蜡笔："这个我没法带走，给你吧。"

我打开盒子，里面整齐地摆放着几乎没怎么用过的蜡笔，只有白色蜡笔被用掉好多。我的蜡笔很多都断了，红色蜡笔也快用完了。我不用白色的。

我和小健开始一起画画。小健拿着白色蜡笔，在白纸上奋力地画着。我完全看不清他在画什么。白色的纸上是白色的画。只有小健才看得懂的白色的画。

“画好了。像这样，把脸贴在桌子上看。”

小健把脸颊贴在桌子上，斜着眼睛看那幅画。

我也学着他的样子去看画。看到啦！天上下着雪，雪地里站着白色的女孩和白色的男孩。

“这是谁？”

“是我。”

“那这个女孩呢？”

“是我的新娘。”

“这样啊……”

多么美丽、洁白的新娘啊！多么洁白的小健啊！

小健把那幅画和蜡笔留给我，回家去了。

第二天，小健和妈妈一起来我家和我们道别。那天，雪下得非常大。

小健穿着大衣，胸口别了名牌。

我妈妈和小健的妈妈都在哭。小健站在一旁看起来很难为情的样子。我便和他一起到门外去等他妈妈。

雪还在下。雪花落到我和小健的头上。外面是一片纯白的天地。

我和小健的身上落满了雪。小健变成了白色的，我也变成了白色的。落在我们身上的雪越来越多。

啊，就像昨天那幅画一样，就像白纸上白色的画一样！

这时，苏联人的军队咔嚓咔嚓地踩着雪，从对面走了过来。小健慌忙躲到我身后。

“哈啦休——”我冲着苏联人大声喊道。

那个苏联人用他那双大得要命的手摸了摸我的头，然后冲我笑了笑。

真恶心！

苏联人又咔嚓咔嚓地踩着雪走了。

“洋子真的好强大啊。等你回日本了，我也长大了，你能做我的新娘吗？洋子这么强大，可以保护我的吧？”

我感觉胸口里面有个地方就像被洋槐树枝划到的手掌心一样，火辣辣地疼。

我沉默着。

小健的妈妈从屋里出来了。小健牵着他妈妈的手，两个人一起回去了。

雪依然不停地下着。

晚上，我从窗户往外面看。有一间房子没有亮灯，那是小健家的房子。

小健家的房子里已经一个人都没有了。旁边的旁边的房子也一片漆黑。那里以前是只有老爷爷和老奶奶住的房子。他们和小健乘同一艘船回日本了。

聪子一家明天也要坐船回去了。

爸爸妈妈拿出一个大登山包，一会儿塞得满满的，一会儿又把东西拿出来。虽然我们做好了随时都能回去的准备，但谁也不知道到底什么时候能回去。

爸爸什么都往壁炉里面扔。书烧了，没了书的书柜烧了，唱片也烧了。

妈妈每天都去广场上卖和服，但是很快就没什么可卖的了。妈妈把我过节时穿的和服也卖了。

终于，我们也要回日本了。现在还亮着灯的只有我家和小宏家了。但是从我家这里看不到小宏家，从我家的窗户看出去，周围的房子全是黑漆漆的。

爸爸把壁炉点着，把旧包和旧鞋子都烧了。

我把那个装着涂色本和折纸之类东西的盒子拿给爸爸。

"这种东西，回日本后要多少有多少，而且比这些漂亮多了。"爸爸边说边把那个盒子扔进了壁炉。

我把积木也拿了过来。

“积木是小孩玩的玩意儿。”爸爸说着把积木也扔进了壁炉。

“爸爸，日本也有人偶吗？”

“当然有。”

我把满身灰尘、脚也坏了的人偶递给爸爸。人偶也烧了。我把小健画的那幅纯白色的画从墙上摘下来，也递给爸爸。

“这幅画是我和小健一起画的。我不会成为小健的新娘的。”

洁白的新娘和小健，在壁炉中都化作了橘黄色的火焰。

九岁 一 初夏

我们到学校旁边的河里玩的时候，小敦笑着说道：“快看，疯癫子来了！”

“哪儿呢哪儿呢？”大家听到这话都站了起来。

匆忙中，我踩到了河里的石头，站起来的时候踉跄了一下。

大家纷纷抓起石头朝河堤扔过去。“疯癫子！今天要去哪儿啊——”大家一边喊一边朝河堤扔石头。

疯癫子嗒嗒嗒地冲下河堤，向我们这边跑来。

大家尖叫着往学校跑去。我两手提着鞋子，也跟着小敦跑起来。结果，装草鞋的袋子落在了河岸上。

疯癫子跑到河边，大喊了一声“一群浑蛋”，然后一转身又跑上了河堤，神气十足地扬长而去。

大家齐声唱道：“绿色山丘上的疯癫子！”疯癫子头也不回，一味地朝前走着。

我是第一次见到疯癫子。“我还以为疯癫子是男的呢。”

我对小敦说。

“喂，都听着，洋子说她以为疯癫子是男的哎！”小敦笑着说。小敦说话的时候总是边说边笑。

“洋子是引扬者[①]嘛，当然不知道了。”

“那个人的真名叫什么啊？”

“你说那个疯癫子？因为是住在河堤上疯疯癫癫的疯子，所以就叫疯癫子了。洋子真是什么都不知道啊！”

“因为是引扬者嘛。”

因为学校里鲜有引扬者，所以我觉得自己好像很厉害似的，有种莫名的骄傲。但那个疯癫子是怎么回事，我还是不太明白。

我和小敦又一起下到河里，去拿回装草鞋的袋子。小敦和房子刚刚都把草鞋扔在河里就跑了。

小敦直接在河里把草鞋穿好就上岸了。而我穿了鞋子。我也想像她这样穿草鞋。

小敦趿拉趿拉地走着，草鞋弄湿的泥土溅起来沾到她的脚上，形成一小块黑色的图案。我和小敦她们在车站道了别，一个人回家了。

疯癫子在河堤上嗒嗒嗒地走着，身穿崭新的纯白割烹

---

① ひきあげしゃ，“二战”后，撤退回国的日本人。（本书注释若无特殊说明，均为译者注。）

着[①]，河堤上的小草在白色割烹着的映衬下显得格外翠绿。

虽然看不清她的脸，但她的头发梳得整整齐齐，看起来一点都不疯。她既不老也不算特别年轻，全身上下都是干净利落的样子。

穿着崭新的纯白割烹着的她，看上去就是一个精气神十足的阿姨，我实在看不出她到底哪里疯癫了。

我们在广子家的杂货店门前玩着。

疯癫子搬着米袋子，"嘿咻嘿咻"地念叨着从坡道上走下来，走到我们旁边的时候嗵的一声把米袋子放到地上。她还穿着那身崭新的纯白割烹着。

广子的爸爸和姐姐怜子都在店里，钟表店的铃木先生坐在怜子旁边。

广子的爸爸问："疯癫子，你搬几趟了？"

"五趟。"她答道，然后大声喊了一句"阿拉休"，又把米袋子搬了起来。

虽然她那一声喊得真的很大声，让我忍不住觉得她可能真的是疯子，但她看起来依然一点疯癫的样子都没有。

广子的爸爸说："刚才就说是五趟，怪不得别人老说你傻呢。"

---

① 日本原创的一种围裙，曾在明治时期广为流行，衣长至膝，袖口一般是束口的。

我第一次近距离看到了她的脸，看着是个美人，一点也不像不识数的样子。

怜子安静地坐在铃木先生旁边，一双白嫩柔软的手放在膝盖上。

疯癫子一边说着“嘿咻嘿咻”，一边在大家的注视下跨过了门槛。

回到学校之后，我们又去河里玩了。

忽然，大家唱起歌来：“绿色山丘上的疯癫子！”

河堤上，一个女孩子牵着一个男孩子的手，女孩子大概上六年级，男孩子差不多五岁的样子，两个人慢悠悠地走着。

“她没在那儿啊。”我对小敦说。

“那个是小绿，疯癫子的孩子。”小敦说。

“小的那个也是？”

“没错。”

“小绿从来不来学校呢。”

确实，疯癫子的孩子不来学校比较好吧，但我很好奇她每天都做些什么。

那个女孩子一脸怒气，一眼也没朝我们这边看。

之后，我经常看见小绿牵着弟弟的手，两个人慢悠悠地走着。

大家心血来潮的时候就会冲着他们唱“绿色山丘上的疯癫子”，但一旦忙着玩耍就顾不上冲他们唱歌了。

河堤上有一间很小的棚屋。

大家都很想知道那么小的屋子到底是怎么睡下三个人的，尽管如此，谁也没有走近看过，我也只是远远地看过那间小屋。

天气好的时候，我看到过小绿站在小屋门口，撕了叶子再“呼呼呼”地吹走的样子。

铃木先生在学校附近那条河的桥上盖了房子，用作钟表店的店铺。

因为只盖了店铺，所以铃木先生每天还要从家里去店铺，他家的房子就在我家后面。虽然之前他都是乘火车去某个不知道是哪里的地方，但现在他会在我们去上学的时候，和我们一起出门去店里。

铃木先生三十岁，高高瘦瘦的。因为已经三十岁了还没找到老婆，所以大家都知道那个没老婆的铃木先生三十岁了。

我家是引扬者，而铃木先生他们家是难民，都不是村里的人。

有时，铃木先生会在走廊上和我妈妈聊天。我还看见过他借书给妈妈。妈妈把那本书放进抽屉的最深处。我偷偷地打开抽屉看过那本书，虽然不太明白，但似乎是不该看的那种书。

爸爸上班的公司离家很远，一周只回一次家。

他在家的那天，晚饭的时候妈妈说："铃木先生说，他想娶杂货店的怜子呢。"

我记得之前铃木先生坐在杂货店的怜子旁边的样子，于是心想，哦，原来是这样啊。

"又琢磨着攀高枝呢，没戏吧。"爸爸说。

我想，肯定是因为怜子是村子里最有钱人家最漂亮的姑娘，所以才没戏吧。

"他上过大学，两个人明明很般配嘛。"

虽然妈妈这么说，但铃木先生是难民，而村里的人只会和同村的人结婚，所以铃木先生不可能娶到怜子。

和村里的那些男人比起来，铃木先生看着像个文雅的知识分子，每次他来我都很开心。

我平时都和弟弟、好子和前面那家的阿秀一起上学。去好子家找她的时候，我都会冲着住在她家后院的铃木先生喊“铃木先生——该走啦——”，然后铃木先生就会背着包从屋里出来，跟我们一起走。

好子和我跟在后面，跳着去够铃木先生的包。

阿秀总是在那棵松树下面等着我们。会合之后，我们几个人便一起沿着山上弯曲的小路走四十分钟去学校。

山上有那种像是被人挖出来的洞穴，里面黑乎乎的，还会发出沙沙的声音。我们都很害怕那种地方，平时经过洞穴的时候都尽量不往那边看。但和铃木先生一起走的时候，我们就会故意大呼小叫地说害怕，往他身上靠。

铃木先生的手很纤细，手指很长，因为他个子很高，我们总感觉他的脸离得很远。

他会笑着吓唬我们：“来了来了，狐狸要出来了哦！”

走到车站那里，小敦、房子还有从村里其他地方过来的孩子们都来了，我们就立刻把铃木先生抛到了脑后。

等到我想起铃木先生不在身边了的时候，已经挤在孩子堆里了，只看到铃木先生那瘦长的背影。

傍晚，我和好子在她家的院子里正玩着，铃木先生回来了。

“铃木先生！”我大声喊他。我很喜欢看铃木先生坐在院子边上看我们玩的样子。

铃木先生的妈妈把小炭炉拿到院子里，用团扇扇起火来。她虽然是个老婆婆了，但和铃木先生一样又高又瘦，腰一点都不弯。

爸爸之前提到她的时候说：“我还是第一次见到这么高的女人呢，居然有人能娶到这样的老婆，真是有一套啊！”

铃木先生完全没有放弃怜子的意思，经常去杂货店里坐着，但村里的人都很清楚他这样做无济于事。

现在因为有铃木先生的钟表店挡着，即使在学校旁边的河里玩也看不到疯癫子家的小房子了。

疯癫子穿着那件纯白的割烹着，一边喊着“阿拉休”，一边急急忙忙地搬着什么很重的东西出来了。

那么拼命地搬那么重的东西，确实是疯了吧。

在附近玩的孩子一看到她，又唱起了“绿色山丘上的疯癫子”。

我去找好子，正好碰到铃木先生从屋里出来。

铃木先生手腕上戴着一只配有红色细长皮质表带的女士

手表。

男人戴红色的女士手表，感觉很奇怪，让人很不舒服。

虽然我觉得铃木先生是开钟表店的，戴女士手表也不足为奇，但一靠近他，还是觉得很不舒服。

我们从水田旁边的路走过去以后，走进一条有树荫遮蔽的、很暗的小路。

好子和弟弟两个人在前面边跑边打闹着。

我又看到了铃木先生手腕上的红手表。铃木先生的手指又细又长，戴这块手表很合适，但我却觉得有点恶心。

“铃木先生真下流。”我说。

“为什么这么说？”

“因为你戴着女士手表啊。”

“这可是很重要的手表哦。”铃木先生说。

我心想，这肯定是怜子的手表吧。

“色鬼！”我说。

说出“色鬼”这个词之后，我感觉自己也成了色鬼似的，忽然觉得很难为情。

铃木先生收起笑容，一把抓住了我的手腕。我吃惊地看着他。好子他们已经先走了，我感觉和铃木先生所在的地方十分阴森，仿佛变成了那个里面黑乎乎，还会发出沙沙声的可怕洞穴。

铃木先生抓着我手腕的那只手上，戴着红色的女士手表。平时总是离得很远、很模糊的脸，忽然间上面的五官都变得清晰了。那张脸上没有笑容。

铃木先生抓着我的手腕说："洋子，我很喜欢洋子哦。"

我用另一只手使劲晃了晃他的手，想把被抓住的手腕抽出来，但那只手也被他抓住了。

"不要！不要！放开我！"我冲他嚷道，但心里也不确定该不该大声喊。

我想，要是喊声把好子他们引回来就麻烦了。

铃木先生直直地盯着我的眼睛，我还从来没被谁这样看过，感觉太恶心了，不由自主地哭了起来。

他忽然笑了起来，放开了我的手。那笑容非常温柔，却让我感觉更恶心了。

我发了疯似的拼命往前跑，追上了好子他们。"快走快走！"我说。于是好子他们就开始跟我一起往前跑。穿过山谷上面的桥，爬上弯曲的山路之后，我才敢回头去看铃木先生。

他和平时一样慢悠悠地走着。虽然离得很远看不清他的脸，但我感觉他似乎是笑着的。

"怎么了？"好子问我。我什么也没说，兀自快步往前走了。

虽然好子只是一年级的小孩，但幸好当时我不是孤身一人，还有她在旁边。

那天傍晚，我在好子家的院子里玩。夕阳把天空都染红了。

铃木先生走进院子里。

我完全忘了铃木先生会回来，顿时觉得自己简直就是个傻瓜。

我整个人僵在那里，希望铃木先生赶快进屋去。我就那么呆呆地蹲在那儿盯着地面，但我能感觉到背后的铃木先生正在朝我靠近。

就这么走吧，就这么过去吧，什么也别说，别跟我搭话。

铃木先生摸了摸我的头，动作非常温柔。

我就那么蹲着，感觉快哭出来了，全身的汗毛都竖了起来，浑身发冷。

我明明不想看，但还是忍不住瞥了铃木先生一眼，就像被什么无法抗拒的力量命令着似的。

铃木先生非常温柔地冲我笑了笑。我感觉要恶心吐了，但我知道自己并不会真的吐出来。见他默默地进屋去了，我才慢慢站起身，一步一步地挪回了家。

从那以后，我再也没去好子家的院子里玩过。

出门去上学时，只要看到铃木先生，我就马上跑开，然后快步走到学校。从他店门前经过时也尽可能移开视线。为了不碰到他，我真是费尽了心机。

过了一段时间，我们搬去了爸爸公司所在的镇子，跟先前住的那个村子离得很远。

再也不用担心铃木先生的事了，我心里的石头也总算落了地。

我把铃木先生的事忘得一干二净。

后来，我上了高中。有一天吃晚饭时妈妈说："以前在乡下的时候，有个开钟表店的铃木先生，你还有印象吗？我估计你可能不记得了。"

我吓了一跳："我记得他。"

"铃木先生从乡下搬到这儿来开钟表店了，就是相生町电器行前面那家。"

怎么就这么巧搬这儿来了呢？真倒霉，真是不想见到他啊！

"为什么？他不是扩大了店面，在那边安家了吗？"

"在那儿待不下去啦。"妈妈一副兴高采烈的样子，顺着我的话头说道，"铃木先生和疯癫子出事了。"

"疯癫子？是那个疯癫子吗？"

"就是她。"

"不会吧。"

"她真是个傻瓜啊，男的肯定就是随便玩玩的嘛。听说她从早到晚在村子里追着铃木先生来着，真是疯了。据说最过分的时候，她拿着刀在店里的地板下面躲了一晚，让铃木先生哪儿都不许去。铃木先生能逃出来真不容易啊！"

"哎——疯癫子真行啊！"

"真是笨蛋啊，一辈子都完了。"

"那杂货店的怜子姐姐呢？"

"一直坚持不懈呢，他好像真的喜欢怜子，怜子好像也想和他在一起。不过那样的话，他们家就真在村子里待不下去了，那他妈妈多可怜啊！"

"他妈妈也一起搬过来了吗？"

"是啊，还说想见面，要来我们家呢！"

相生町离我家骑自行车大概十分钟的距离，而且我经常路过那里。我一点都不想见到他，但妈妈倒是很想念那个个子高高的铃木先生。

放学回来一进门，就看到玄关那里站着一个高个子男人。那人回过头来，居然是铃木先生。我吓了一跳。

“啊，是洋子，都长这么大了。”铃木先生用充满柔情的眼睛注视着我。

已经是高中生的我毫不掩饰自己的不快，一脸冷漠地径直进屋去了。

妈妈在我身后说道：“干吗这么没礼貌啊，你小时候人家不是对你可好了吗？”

十岁一秋

中村先生和爸爸同龄，其实他是美术老师，因为学校里没有音乐老师，他就去教音乐了。

不管是三年级、四年级还是五年级的音乐课，都只唱“鲜艳的绿色，明亮的绿色”[①]这一首歌。因为中村先生只会用钢琴弹这一首歌。

我上五年级的时候，学校里来了一位专业的音乐老师。

音乐老师是一位年轻的女老师，皮肤像大福一样白皙，吹弹可破，嘴唇鲜红而饱满。她总是笑呵呵的，非常温柔，而且什么歌都会弹。

我们在音乐课上学新歌时，中村先生就坐在教室的窗户边上，目不转睛地盯着音乐老师弹钢琴的手。

音乐老师大张着涂了口红的嘴，和我们一起唱歌，偶尔冲中村先生笑笑。我觉得一边唱歌一边笑应该挺难的吧，但音乐老师看起来却非常轻松。

---

① 日本儿歌《若叶》的歌词。

学校的勤杂工在楼道摇着铃走过，音乐课结束了。

中村先生走上讲台说："我们也要参加音乐比赛，一会儿点到名字的人留下。"

说着便开始点名。

里绘子、弘子、我、光男、千秋还有很多人都被叫到了。房子和小敦也被叫到了，但小敦是个严重的音痴，唱歌总是跑调。

从那以后，我们开始每天放学后练歌。

我们要唱的是"慢慢听到了/青蛙的歌声"[①]和"每当水车咕咚地转/红色的山茶花就盛开了"[②]这两首歌。参与合唱的人被分为四组，每组错开几拍唱同一首歌。

"这就叫轮唱。"负责指挥的中村先生说。

老是唱一样的歌，我们都唱腻了。

小敦跑调跑得实在太厉害了，中村先生经常被气得用指挥棒敲桌子，还会把她叫到钢琴旁边，专门教她一个人唱"红——色的山茶花盛开了"的"红——色"这段。

"红、色。"

---

① 由德国童谣改编的日本儿歌《青蛙的合唱》的歌词。

② 唱的应该是儿歌《椿》，原歌词是"每当水车轱辘轱辘转/红色的山茶花就凋谢了啊/凋谢了"。——作者注

“不对，红——色，再来一遍。”

“红、色。”

“不对，红——色，你看。”

“红、色。”

“是红——色啊！”

趁着小敦一个人满脸通红、使劲唱歌的时候，我们和里绘子玩起了沙包。里绘子一个人待着的时候就玩自己的沙包，她的沙包又大又漂亮，跟她一起玩的时候，每次都是她赢。要是跟她说“借我玩一下”，她就会一言不发地把沙包塞到屁股底下，装出一副没听到的样子。我的沙包又小又硬，每次玩两下就掉地上了，但里绘子的沙包就像是粘在手上了似的，怎么玩都不掉。

小敦练完歌回来，一屁股坐在地板上。我们朝钢琴那边一看，看到中村先生把手搭在音乐老师的肩膀上，而音乐老师正在弹一首我们从没听过的、听上去很难的曲子。我记得那首曲子非常长。

小敦一边看着钢琴所在的方向，一边从口袋里拿出沙包问我们：“我排谁后面？”

那天我们一直在玩沙包，而中村先生就一直黏在音乐老师和钢琴旁边。

中村先生和音乐老师总是一起下班回家。

我、小敦和光男都是坐火车回家，中村先生他们也是。有时候火车上人很多，中村先生就会在人群里挤出一个空隙，用双臂护着音乐老师，以防她被挤到。

我们每天都要唱那两首歌，而小敦每天都要被纠正无数遍“红——色，红——色”。

在这些结束之后，音乐老师一定会弹又长又难的曲子，时不时冲中村先生抿嘴笑笑。我一直觉得抿嘴笑这件事很难。

我们玩沙包的时候，光男就在旁边很下流地说：“看他们干起来了。”

我和里绘子都吓了一跳，觉得光男很下流、很恶心。

“我要去告诉中村先生你说下流话。”她站起身，昂首挺胸地走到钢琴旁边，“老师，光男刚才说什么干起来了呢。”说罢又昂首挺胸地走回来。

光男灰溜溜地往教室角落里躲。

“光男！！”中村先生气愤地冲着他大吼。

终于到了比赛的前一天。

我们一边练歌，一边做着晃动身体的练习，因为中村先生说过唱歌的时候要晃动身体。唱“红——色”这块的时候，大家的身体都往前倾。里绘子往前倾的幅度太大，一下撞到我身上，我被撞得踉跄着又迈出去了一步，于是我们重新从“红——色”开始练。

练习结束后，中村先生抱着胳膊，紧闭着眼睛说：“敦子啊。”小敦以为又要让她单独唱“红——色”，正准备往钢琴旁边走，不料中村先生接着说道，“敦子，明天唱歌的时候，你就别出声了，对口型吧。”他依然闭着眼睛。

比赛当天，音乐老师穿了一件非常漂亮、印着花朵图案的裙子。中村先生也打着领带，西装革履，整个人看起来闪闪发光。

我和小敦那天也穿了自己最漂亮的裙子，在去比赛的火车上兴奋得不行。中村先生和音乐老师安静地坐在一起，完全不管我们在旁边有多么吵闹。小敦给了我一块圆圆的糖果。

比赛是在大一点的镇子上一处礼堂似的地方举办的。观众席一片昏暗，只有舞台上有光，感觉像在演戏似的，大家都很紧张。其他学校的人好像都很厉害的样子。

终于轮到我们了。

中村先生走上指挥台，开始挥舞指挥棒，他的眼睛直勾勾地盯着音乐老师。音乐老师也盯着中村先生。我从没见过中村先生那种眼神，看着很吓人，像是要用眼睛把音乐老师吞掉似的。音乐老师的脸上也没有一丝笑容。

整个赛场鸦雀无声。

忽然，指挥棒挥动了起来，我们赶紧开始唱："每当水车咕咚地转，"然后身子前倾，"红——色的山茶花就盛开了。"小敦只是装模作样地动了动嘴。

那之后不久，音乐老师就被调走了。她来了还不到一年呢！

我和小敦在她家院子里玩的时候，她跟她妈妈说："那个教音乐的女老师被调走了呢。"

小敦的妈妈边淘着红豆边说："是吗？那可真遗憾啊！"

我觉得那个女老师是被迫辞职的。

音乐老师辞职离开那天，大家都到车站去送她。站台上一大堆孩子挤在一起。音乐老师哭了，身旁站着中村先生。

火车来了之后，音乐老师站上车厢门口的踏板，边哭边冲我们挥手。

火车开动了，音乐老师望着中村先生。

火车在一点一点地加速，中村先生忽然跑过去，一下跳了上去。他双手抓着两边的铁杆，像是要保护音乐老师似的。

火车渐行渐远，最终消失在我们的视线中。

“再见——”

“再见——”

我们拼命地朝他们挥手。小敦哭得一把鼻涕一把泪的。

十二岁—初春

我正给妹妹换尿布，阿宏的脑袋突然从客厅那边的窗户探进来："出来玩吧。"

"好啊。"

我用尿布边上干净的地方用力擦了擦妹妹的屁股。

"臭死啦！"

"这我也没办法啊！"

我小心翼翼地叠起尿布，不让粪便掉出去，然后拿来新尿布给妹妹换上。妹妹两腿蹬了两下，又翻身打了个滚，差点把尿布折腾掉了。

我赶紧给妹妹穿上内裤，又把尿布往内裤里塞了塞固定住。接着，我把妹妹放在桌子上坐着，找来背孩子用的带子给她绑上，再把她背到自己背上。

"接着昨天的玩吧。"

"好啊。"

我从放在鞋柜里的铁罐子里拿出蜡石，那根粉笔已经变得很短了。

我从玄关出来以后，阿宏从我身后跑过来。“你看！”他说着从口袋里拿出一根新蜡石，上面沾着一层薄薄的粉末，还能看到大理石花纹似的纹路。

“多少钱买的？”

“无所谓吧。”

我们两个人去了小屋。小屋里有点阴冷，还有股霉味儿。水泥地板上还有昨天玩抢地盘游戏时画的阵地，阿宏写的“别碰，别碰，别碰”也完好无损。

我们接着昨天的游戏玩了起来，从我开始。我趴到地上，后背上的妹妹缓缓地朝我的头这边滑了下来。

轮到阿宏了，他并没有拿出自己的新蜡石，而是跟我说：“把你的借我用用。”

“你用自己的不就行了吗？”我赶忙攥紧了自己的蜡石。

“舍不得用。”

“小气鬼。”

“借我用用嘛。”

阿宏抓住我的手晃了起来，我往后一仰，整个人朝后面倒了过去。

“哇——”被我压在地上的妹妹大声哭了起来。我赶快站起身，把手背过去托着妹妹的屁股，轻轻晃动着她的身子哄道："乖宝宝，乖宝宝。"

看到妹妹哭了，阿宏不说话了。

我一边哄着妹妹，一边从阿宏的口袋里掏出他的新蜡石扔在地上，狠狠地踩了一脚。啪的一声，那根蜡石断成了两截。

我冲出小屋就往家跑，妹妹被颠得发出"呜呜呜"的声音。身后还有阿宏的怒吼："啊——啊——"

我跑到家，把家门一锁，呆呆地愣在门口。

吃晚饭的时候，从玄关传来了阿宏的声音。他一本正经地说："晚上好，请问洋子在家吗？"我吓了一跳。

"洋子，我妈妈叫你过去，麻烦你出来一下。"他继续一本正经地说。

爸爸妈妈同时瞟了我一眼。我没精打采地出了玄关。

阿宏一看到我，立刻笑眯眯地说："过来吧。"

他一进家门就大声喊道："我把她带来了！"

我心里七上八下的。

阿宏的妈妈在厨房边洗碗边说："听说你故意把阿宏的新蜡石给踩断了，你要还他一根新的。"

"好……"我小声地回答。

"女孩子啊，太粗鲁的话以后会嫁不出去的。"

碗盘碰撞发出叮叮当当的声响。我的心紧张得跳个不停。

回家的时候，阿宏也跟了过来，在我旁边没完没了地念叨着“嫁不出去咯，嫁不出去咯”。我狠狠地瞪了他一眼，扭头进去。

“明天放学回家以后，一起去田中屋吧。”阿宏突然很温柔地说。

我一到家，妈妈便严厉地瞪着我说：“这孩子不知道又闯了什么祸？！”

放学之后，一到家就看到了阿宏在玄关处等着我。“走吧。”他说。

我从藏在桌子最里面那个贴了千代纸的秘密纸盒里最漂亮的折纸下面，拿出了之前奶奶给我让我绝对不要用掉的崭新的十元钱。

从田中屋回来的路上，阿宏把断了的蜡石给了我一半。

他把手搭在我的肩膀上，凑到我跟前说：“用新蜡石接着玩昨天的游戏吧。”

这时，草丛中传来了男孩子们的喊声：“阿宏，阿宏，洋子是阿宏的新娘子！”

我和阿宏就像两根柱子一样立在原地。

“洋——子，洋——子。”他们又齐声喊了两遍我的名字，然后剃了光头的脑袋伴随“噢——”的喊声一个接一个地冒了出来，里面还混了一个寸头，那是班长山口君。

阿宏脸涨得通红，朝草丛里跑了过去。男孩子们四散而逃。阿宏也不知道该抓谁好，追着追着干脆站在原地不跑了。我看到他短裤后面屁股的位置有一块方形的补丁。

看到连山口君也跟着一起起哄我俩的时候，我感觉自己就像在流沙中一点一点往下陷似的。

我暗暗下定决心，再也不和阿宏一起玩了。

班上来了一个转学生。

她在黑板上写了自己的名字——夏目樱子。她皮肤白皙，长着一双大眼睛，还穿着粉色的连衣裙，真的像樱花一样。她的手指细得像是要折断了似的。

老师指着一个空座位让夏目坐过去。那是山口君旁边的座位。我心里有点不是滋味。山口君也是一副扭扭捏捏的样子。

阿宏则惊讶地张着大嘴。夏目在座位上一坐下，他立马站到椅子上朝后面看去，还是那副张着大嘴的呆样。老师拿点名册在他头上用力敲了一下。

干得漂亮！

坐下之后，阿宏还是一直往后看。“那家伙看起来学习很好的样子啊，是吧？转校生好像学习都很好呢。”阿宏说着把胳膊伸到了我这边。

“不许超过这条线！”我用铅笔盒把他的胳膊推了回去。

“疼！”阿宏一边说一边又往后看。

妈妈给我做了条新裤衩。

那条裤衩实在太大，因为裙子变短了，裤衩的裤腿都从裙子底下露出了一截。

进教室之后，阿宏一看到我就开始喊道：“快看快看，洋子的裤衩滑下来了。松垮裤衩，松垮裤衩！”

我赶忙去看山口君，他也笑嘻嘻地看着我的裤衩。

夏目也看着我，细细的手指并在一起，捂着嘴偷偷地笑。

我一整天都没和阿宏说话。

在这之后，男生们都开始叫我“松垮裤衩”。

我虽然觉得很讨厌，但表面上装作若无其事。

可听到山口君叫我“松垮裤衩”的时候，我很想大声哭出来。不过我没有哭，只是红着脸笑了笑。

我也不能跟妈妈说裤衩太大了。

如果她说“怎么了？反正也要长个儿的，大点不是挺好吗”，我就得告诉她“我在学校被人叫‘松垮裤衩’了”，而我不想跟她说这个。我要是亲口说出“松垮裤衩”这个词，那我就真的成“松垮裤衩”了。

后来我一直把裤衩的裤腰拽到胸口的位置。

“一起玩吧？”阿宏的脑袋又从客厅的窗户探了进来。

“不去！”

我背着妹妹，一边看书一边在屋里转来转去，看都没看阿宏一眼。

“嘿，嘿，嘿。”阿宏开始一边发着怪声，一边在窗户边上踱步。

我斜眼朝他那边瞥了一眼，发现他正一边学我提裤子的样子，一边没完没了地重复着“嘿，嘿，嘿”“松垮裤衩，松垮裤衩”“嘿，嘿，嘿”。

我把妹妹放到地上，让她身子靠着墙。

阿宏还在那边“嘿，嘿，嘿”地叫着。

我光着脚从窗户跳了出去，一把抱住阿宏，照着他的胳膊狠狠地咬了上去。坚决不松口！

阿宏直接摔在了地上，摔倒的时候我松口了，但还在找可以咬下去的地方。我们两个在地上扭作一团。

扭打的过程中，阿宏的嘴突然挨到了我的嘴，鼻子也挨着我的鼻子，他朝着我的脸不停地喘着粗气。我俩看起来就像缠在一起的两条鱼似的，肚子和肩膀都贴在一起，只有脚在扑腾着。

阿宏的脸离我太近了，我忽然觉得他有些陌生，感觉很别扭。我觉得我们可能就要这样扭成一团直到世界末日了。

“不玩了。”阿宏用低沉的声音边说边站了起来，说这句话的时候，他的嘴唇又碰到了我的嘴唇。

我一言不发地回到家，用抹布擦了擦脚，越想越觉得恶心。我打开水龙头，拿手接了水，用力地搓了搓嘴唇。

老师把学习好的学生凑在一起进行课后辅导，有我、山口君、夏目和另外三个人。

山口君总是和夏目一起对答案。

老师看着我的本子说：“‘松垮裤衩’慢慢做就行了，多检查一遍。你其实都会做的。”山口君笑了起来。

夏目的字四四方方的，很漂亮。老师看着她的本子说：“夏目很喜欢写字吧，但是字写得再漂亮也不能帮你弄懂问题。好好读题，别写没用的东西。”

夏目脸红红的，一副要哭了的样子。山口君也带着很伤心的表情看着她。

我知道，伤心的表情和温柔的表情是一回事。那一刻，我感觉自己就像一头栽进了滚烫的热水里。

课后辅导直到傍晚才结束，所以我没有和阿宏一起玩。

我回到家的时候，看到他在家门口和小孩子一起玩着，我从旁边走过的时候他朝我喊了一声“松垮裤衩”。但我没有理他，一脸傲慢地径直往前走。

妈妈后来又给我做了新短裙，那条裙子也很大，所以我已经不是松垮裤衩了，但阿宏还是一见到我就叫我“松垮裤衩”。

这时，阿宏的妹妹直子跑过来说：“妈妈说了，你叫‘松垮裤衩’不是因为穿滑滑的裤子，而是因为你人很狡猾①。”

我觉得阿宏的妈妈真是世界上最讨厌的人。

我依然装作没听到，一脸傲慢地走掉了。

我要参加附属中学的入学考试了。

爸爸说：“考过了也不会让你去上的，那儿都是一帮任性的小孩，不能跟他们混在一起。考试只是检验下你的能力罢了。”

---

① 狡猾，日语发音为“zurui”，与“松垮”的日语发音“zuru”相近。

考试当天，妈妈给我绑了一个红色的蝴蝶结，还让我穿上了正式场合才会穿的针织衫、格子裙、白袜子和皮鞋。

一到考场，我就看到了夏目，她穿着紫红色的连衣裙，裙子上还有紫红色的蕾丝。我还是第一次见到那么漂亮的衣服。

还有很多我不认识的学生来参加考试，大家看起来都很聪明。

山口君站在夏目旁边，喜笑颜开地看着夏目的衣服。

我认为，一张非常高兴的脸也是一张非常温柔的脸。

我想，如果是我穿着那件漂亮的紫红色裙子，他也会那么看我吗？

顿时，我觉得自己就像是一棵矗立在旷野上的树。

放榜那天，我走到山口君的座位旁边，担心得不得了。

“山口君肯定能考上吧。”我把身子探到他桌子前说道。

“我不行的，语文答错了好多。夏目肯定没问题，她的字写得那么漂亮。”

夏目攥着裙角，一副扭扭捏捏的样子。

“我肯定考不上的。”我说。

山口君没答话。

我回到自己的座位上，“唉——唉——唉——”地叹着气。

阿宏看着我说："你肯定都答对了吧？"

我觉得很烦躁，没好气地说："跟你没关系吧？唉——唉——唉——"

"你肯定考不上！"阿宏也恨恨地说。

"都说了跟你没关系，你手别超过这条线啊！！"我拿起垫板，使劲推他。

"疼啊！"阿宏叫道。垫板在他胳膊上压出一道细细的印子。

放榜的时间是十二点。我边打扫卫生，边琢磨着要不要跟大家一起去看，结果回过神来才发现，人都没影儿了。

我看了一眼学校里的钟，差五分十二点。五分钟够了。我在校门口脱了笨重的鞋子，光着脚跑了起来。

到了中学之后，正好看到有人在往墙上贴白纸。

等待放榜的学生们挤在一起，黑压压一片，我从哪儿都挤不过去。

随着那张纸被徐徐展开，人群里不断传来"考上了！""考上了！"的喊声。我趴在地上，从人缝儿里爬到那张纸前面，再站起来寻找自己的考号，心扑通扑通直跳。

"我考上了！我考上了！我考上了！"我大声喊了起来。

等缓过神来，才发现自己手里还拿着扫帚。

“真厉害啊！”后面的人说。

我又继续找其他人的名字，在我名字后面紧跟着的就是山口君的名字。

我感觉有一束很亮的光照进了心里。

再往后就是陌生人的名字了。

啊，太好了，太好了，我和山口君都考上了！

我和山口君的名字总是能排在一起。

回过神来的时候，周围只有零星几个人了。我回过头，看到学生们三三两两地聚在一起，还有好多大人。

我看到了剃着寸头的山口君，他面前站着用手捂着脸的夏目。对了，刚刚没看到夏目的名字。我感觉心情很好。

仔细一看，我发现夏目正在哭，这时才想到原来还有落榜的人。

山口君明明考上了，可是他的表情看起来一点也不开心。

我忽然觉得很难为情。

山口君把两只手搭在夏目肩膀上，很努力地说着什么。夏目不住地点着头，肩膀一耸一耸的。

如果落榜的人是我，山口君也会这么努力地安慰我吗？

山口君那看起来一点也不开心的表情，其实和非常温柔的表情是一回事。

我一直在远处看着山口君和夏目。

我一个人拖着扫帚，光着脚回了学校。

我盯着光溜溜的脚丫往前走着，连自己的脚步声都没听到。

身后传来一阵急促的脚步声，满脸通红还流着汗的阿宏从我身边冒了出来，“呼呼呼”地喘着粗气。

随着“呼呼呼”的声音渐渐停止，阿宏对我说起了话。

“太好了，洋子！”阿宏说着，用脏手在不怎么干净的脸上抹了一把，“这下不用再学习了吧，一起玩嘛。”

“不去。”我目视前方漠然地说。

十四岁一冬

早上一到学校，就看见桃代靠在教室前的储物柜边，脸埋在书包里。

啊，难道桃代来“那个”了吗？我打算上前去问问她。大家来“那个”的时候似乎都会哭。我看了看桃代的腰，比我壮多了。

“怎么了？”我偷偷瞄了一眼桃代的表情问道。

桃代抬起头，从包里拿出纸巾擤了擤鼻涕。原来是要拿纸巾啊！桃代的鼻头红红的，不是正在哭就是刚哭过。

“我爸妈吵架了。”她说着又擤了下鼻涕，这下鼻头更红了。她拿擤过鼻涕的纸巾又擦了擦眼睛，睫毛沾上了一点泪水。

“为什么？”

桃代一边用纸巾擦着红红的鼻头一边说：“我爸爸拿了奖金回来。”

我爸爸昨天晚上拿了奖金回来，也和妈妈吵了一架。

“然后呢？”

“还有，他下班回家的时候买了一辆三轮车。”

这回我真的惊到了，我爸爸也是昨天回来的时候给妹妹正子买了三轮车，晚上我爸妈就为这事吵了一架。

“真的假的？！我家也是！哎呀，怎么又是三轮车？！”

我一边说一边咚咚地敲着桃代的背。

我爸回家时单手拎着一辆红色的三轮车，屋都没进，把三轮车往院子里一放就冲着屋里喊：“正子，过来一下！”

妹妹一看到三轮车，脚上穿着袜子就着急忙慌地要穿爸爸放在檐廊边上的木屐。

“小笨蛋，穿上鞋再出来嘛！”爸爸的语气听上去很高兴。妹妹绕过玄关，趿拉着左右脚穿反了的运动鞋跑了出来。这回爸爸什么都没说。

妈妈、弟弟和道子站在一起，看着正子在檐廊前面的空地上来回折腾。

爸爸不停地问她：“怎么样？怎么样？”

正子脚上的鞋子因为穿反了而滑稽地向外翻着，她就那样反穿着鞋子，一咬牙蹬起了三轮车。

我、弟弟和道子都站到院子边上看她，只有妈妈始终站在原地，一言不发地死死盯着正子。

然后，妈妈一言不发地做好了晚饭，吃饭时也一句话都不说。

正子飞快地吃完了饭。尽管天已经黑了，她还是不管不顾地又跑到院子里骑起了三轮车。

“内衣要怎么办？”妈妈说。然后，争吵就开始了。

我觉得妈妈太现实了。

我们为了不在一旁惹眼，陆续离开了被炉。正子呢，就骑在三轮车上，愣在了院子正中间。

桃代扑哧一下笑了，我也跟着笑了。桃代又使劲擤了一下鼻子之后说：“妈妈好可怜。”

“这下没钱买内衣和毛衫了，我爸爸太孩子气了。事先商量一下多好。我爸爸还把味噌汤打翻了，真是任性！”桃代说完把已经揉成一团的鼻涕纸塞进了裙子口袋里。桃代的父母也吵架了啊，我顿时开心起来，一把挽住她的胳膊说：“我，还有你，我觉得我们该来‘那个’了。”

“哎呀，那可麻烦了，好担心啊。你这个小不点，这段时间就不要做体操了啊。”“小不点”这个外号是用来形容身材娇小的女孩子的。

这时，野村君从走廊上走了过来。

“来了来了。”我抓紧桃代的手腕。

桃代看着野村君，脸变得通红，小声说道：“哎呀，烦死了。”

至于野村君看没看桃代，我就不知道了。

午休时，我、桃代和小典一起来到教室前面的露台上，靠着教学楼的墙壁晒太阳。

小典用肩膀碰了碰桃代说："我跟你说件事儿啊，听说三班的中村也和你一样。"

"这是第几个了？"我问桃代。

"第三十六个。"桃代飞快地答道。

喜欢野村君的女生不知不觉都有三十六个了啊！

"搞不懂，那种平凡的美少年到底哪儿好了啊？"我故意这样说道。

"怎么了，喜欢谁都是个人自由嘛。"

"像少女小说里的少爷似的。"

"自己呢？就像个馒头一样。"小典把两只手的食指按在眉毛上说，"馒头时钟现在是八点二十分！"

我喜欢的海野君眉毛有点往下耷拉着。我听小典说起了海野君，嘴角就开始抑制不住地上扬。海野君是个很有才华的人，让我觉得自己也是那样的人似的。

"肖邦是波兰的呢。"桃代咯咯笑着说。

我们教室里张贴着三十二位音乐家的画像。昨天的音乐课上，海野君一个人答对了所有音乐家的国籍，全班同学不由自主地为他鼓起掌来，连老师都惊讶得目瞪口呆，连说了三遍“肖邦是波兰的啊，真厉害”。在这样热闹的场面中，我莫名地觉得有点难为情，一直低着头。

“你就放心吧。”小典说我一个情敌都没有。

海野君连引体向上都做不了，而野村君是田径选手；海野君来自单亲家庭，跟他妈妈相依为命，而野村君是独生子，家里是开大医院的；野村君身边总是有很多人围着他转，而海野君总是趿拉着室内鞋一个人四处转悠。

我觉得桃代有三十五个情敌也是理所当然的，而我也很开心自己一个情敌都没有。

“啊——啊！”小典忽然捂着肚子，蹲下身子喊了起来。

“怎么了？”

“‘那个’啊，就是‘那个’，没事，马上就好。”

我和桃代面面相觑。

这时，一个棒球骨碌骨碌地滚了过来，后面是追着球跑过来的池田君。

“喂，典子，把球捡起来啊。猪，快点！”

小典喜欢池田君，一看到他过来，脸色立马亮了起来。她捂着肚子回戗：“自己不会捡吗？你个癞蛤蟆。”

“猪，内裤都露出来了！”池田君吼道。

小典唰地一下站起身，翻来覆去地检查自己的裙子，然后朝着球的方向跑了过去。

裙子的口袋那里有一块凸起，里面放着那个东西。

“我说，她这么跑不疼吗？”桃代看着小典的背影说，“要是赶上修学旅行的时候就麻烦了呢。”

野村君得了阑尾炎。

不愧是野村君啊，我总觉得阑尾炎是有钱人才会得的病。

我和小典都因为野村君的阑尾炎兴奋不已，整个午休净聊阑尾炎了。桃代就像为野村君的阑尾炎骄傲似的笑个不停。

“也不知道住进自己家的医院是什么感觉。”

桃代笑着说：“不知道啊。”

“不知道谁会去看他。”

“你觉得谁会去？”

“二班的田中脸皮厚得很，估计会去吧。”

“不会吧。”

我们正聊着，靖子忽然打开教室门走了进来。她径直走到桃代面前，直勾勾地盯着桃代，而对站在旁边的我们，不知道她是努力克制自己不去看，还是完全无视了，感觉就像看不到我们似的。

"可以跟我谈谈吗？"她用发表演说似的语气说。

"谈什么？"桃代被她吓了一跳，神色慌张。

"那个，我一直都爱着野村君。"靖子用洪亮的声音说道，那架势活像是在毕业典礼上发言的学生代表。

我下巴都惊掉了，第一次在现实中听到有人说"爱"这个字呢！我感觉很难为情也很尴尬，但同时也觉得很激动，心脏怦怦地跳个不停。早就听说从东京转学过来的靖子是个怪人，这下我终于见识到了。

桃代愣住了，一句话也说不出来。

"还有，我要去医院看他。我听大家说了，一共有三十二个人喜欢野村君。"

"是三十六个。"小典说。小典也被她的架势震撼到了。

"啊，是吗？待会儿请告诉我都有谁。话说回来，你的事我也听说了，你就不必去医院看他了，没问题吧？"

"不是……随便啊。"桃代满脸通红，语无伦次地答道。

"好，那就这样吧。你知道田中在哪儿吗？"

"不知道。"桃代嘟囔道。

"那我就先走了。"靖子像毕业典礼上的学生代表结束发言那样干脆地撂下这句话，然后啪的一声关上教室门就走了。

"搞什么？她好奇怪啊！"小典一脸严肃地说。

“我之前完全不知道啊，原来有三十七个人。”桃代说。

靖子把喜欢野村君的三十六个人都找了一遍，还去医院看了他。这件事三年级学生尽人皆知。

“太厉害了，听说她拿着一束红玫瑰去的呢！”

“太厉害了吧！”

“她妈妈也跟着一起去了。”

“真够可以的！”

小典跑到天台，上气不接下气地把这些都告诉了桃代。桃代红着脸，嘴里面念念有词，但什么也没说出来。

“那个人，听说读小学五年级的时候就来‘那个’了呢。”

“唉——”桃代一脸不安地看了看我。

靖子完全没有一点难为情的样子，威风凛凛地来上学了。

野村君病好了来学校的那天，他一打开教室门，整个教室瞬间鸦雀无声。他低着头默默地进了教室。

我看到桃代正在鞋柜那里换鞋，就过去跟她打招呼。

“早上好。”

“早上好。”

桃代很高兴似的冲我笑了笑说："等会儿我要给你个好东西。"

"什么？什么东西？"

"等会儿，柜子柜子。"

桃代把包放在柜子上，飞快地拿出一个白布包着的包裹说："把包打开，快点快点。"

我赶紧打开书包，桃代就把那个包裹放进了我包里。

"我妈妈把你那份也一起买了。就是'那个'啊，要是赶上修学旅行的时候来不就麻烦了嘛。"

"哎！不会吧，要真的那样也太倒霉了。"我说着把手伸进包里，捏了捏那个包裹，感觉软软的、蓬蓬的。

"我能打开看看吗？"

"笨蛋，回家再看啊。"

"我就看一下。"

"不行！"

课间休息的时候，我去厕所把那个白色包裹打开了，里面放着一条折叠着的黑色内裤。奶油色的松紧带被纽扣紧紧固定着，裤裆处也有皮筋撑着。①

---

① 佐野洋子生于1938年，14岁时就是1952年，当时的女性在经期使用的是月经带，两头有松紧带可以绑在腰上，裤裆处缝有两根松紧带，可以固定卫生纸。这里所谓"内裤"应该就是月经带。

一回到教室，我就马上跑去找桃代：“我看了。”

“真是的。你凑过来一点。”桃代说着趴到我的耳朵边，鬼鬼祟祟地看了看四周，然后用小得不能再小的声音说，“其实吧，我昨天来了。”她说话时吹出的热气弄得我的耳朵痒痒的。

“哇！太好啦！”

“是啊，放心了。”

“唉，只有我还没来。疼吗？”

“一点也不疼，我一开始都没发现。”

“是吗，那你今天请假不做体操了？”

“嗯。”桃代一脸神气地应道。

这天体育课的安排是打篮球。桃代站在操场角落的樱花树下，靖子也在那儿。

我不知道为什么感觉有点兴奋。

小典跑到我旁边笑着说：“你看，好奇怪啊。”她抬手指着男生活动的区域，“你看那边。”海野君没有换运动服，正无精打采地往樱花树那边走着。

“你看他那样，一点也不像个男孩子嘛。”

但我觉得书生气的海野君那无精打采的样子很帅。

这时，不知是谁投篮进球了。

“野村，干得好！”男生们喊道。原来是野村君投中了。

我看了看樱花树那边，桃代和靖子就像士兵一样笔直地站着，正看着篮球场上的男生们。

十七岁一秋

大家对搞课外活动都没兴趣。

老师“猪大肠”立马出了教室。我觉得“猪大肠”肯定一出教室就马上开始想别的事了吧。

随后，我站在黑板前问道：“怎么办？”

四十七个穿着水手服的同学，没有一个人在听我说话。

美都子正和邻座的美江有说有笑的。她俩总是叽叽喳喳地说个不停。

君子趴在桌子上睡觉。

佐智子全神贯注地读着电影杂志，她不想被任何人打扰，也不会打扰任何人。

小百合把书包里的书本都掏出来堆到桌子上，然后一本一本地整理好，又整整齐齐地放了回去。

典子正在削铅笔，旁边的松子也想让她帮忙削铅笔，正把铅笔盒往她桌子上推。

琴枝坐在最后排的位置，座位离墙很近。她周围坐的是她的跟班们，她们都把桌椅转过去背着讲台，挡着她的座位，时不时地发出尖细的叫声。每当这时，琴枝就会用挑衅的眼神朝我这边看。

不受她们吵闹影响，始终认真学习的和子和园子默默转过头，尽量不和我对视，生怕一跟我对视，就会被我叫到问"那个谁谁，来说说你有没有什么意见"。

我觉得自己的立场简直可笑至极，我自己对搞什么课外活动也没兴趣啊。

我好好地坐在座位上，正看着小说，突然被站在讲台上的委员点名，让我全权负责。我只是希望赶快找个人决定要做什么，把这麻烦事儿给推出去。

班里的同学都知道，我就和一班的杉田一样，既当不了背负全体老师期待的指导者，也没什么干劲。

因为我不是老师喜欢的学生，所以既没人积极反对我，也没人毛遂自荐要当我的左膀右臂。我自暴自弃地来回扫视班里的同学。

我一直沉默着，终于忍不住了："美都子，你有什么意见吗？"

"我呀，我没什么意见。"身材高大的美都子扭了扭身子，用她那双无比妩媚动人的大眼睛瞪着我说道。她真的很懂装无辜的技巧，让我对她生不起气来。

这时候教室后面又响起了那尖细的声音。

我被吓了一跳。琴枝用炯炯有神的眼睛盯着我。

我弱弱地问道："琴枝，你有什么想法吗？"

琴枝用响亮的声音说："喂喂喂，你问我有什么想法啊？有啊，我想搭讪。"她的跟班们听到这话都大笑起来，也转过头来看着我。

教室里安静了下来。

我感觉一股力量在肚子里升腾起来。

"大家都没想法的话，那我来决定可以吗？"

"可——以——"大家像松了一口气似的，一齐懒洋洋地回答。

"噢，关于要做什么，我有个想法。"琴枝含着下巴，挑起眼睛盯着我，用恶狠狠的语气说道，"打扫学校的厕所。"

教室里又一次安静了下来。

这是谁想的馊主意啊！

琴枝站了起来："多有意思啊。"

然后，大家都站了起来。

我想反正也逃不过去了，哪怕一个人也要把厕所打扫干净。我换上运动服和运动短裤，去了学校东侧的厕所。

一到那里，我就看到了琴枝。她剪着娃娃头短发，头上紧紧地绑着像纸一样又薄又平整的红色头巾，手里拿着抹布和水桶站在那儿。她穿着灯笼裤，两条腿又细又直，看起来就像国吉康雄画里马戏团女郎的腿。跟班们站在后面，把娇小的琴枝半围在中间。

琴枝的眉毛粗粗的，眼睛周围还有黑眼圈，她皱着眉，抬起眼角，说道："我们要把这里打扫得非——常干净哦。"

听到她的话，我大吃一惊。"啊，这样啊。"我转过身去。

"佐野干得不错嘛。"琴枝的声音传了过来，"一起干吧？"

我转过头，冲她们笑笑。

"哟嘿！"琴枝发出了和投手球时一样的声音。

来到西侧的厕所这边，正看到美都子那把灯笼裤撑得满满的大屁股从厕所门里撅了出来。

她转过身，嘿嘿地笑了笑。美都子似乎很擅长打扫厕所，很适合干这活儿，就算说她已经有一两个孩子了，我都不会觉得惊奇。

厕所的每个坑位里都有好几个人在打扫，不知怎的，大家都干得热火朝天的。我觉得自己在这儿待着只能帮倒忙。

我又去了办公室前的教职员工厕所。一打开门，里面也有一群人拿着抹布在打扫。我觉得自己已经无处可去了，干脆蹲在一边开始擦坑位之间围栏的柱子。

一个上了年纪的英语老师推开门进来时被吓了一跳，高声喝道：“你们干吗呢？！”

“我们在做课外活动，打扫厕所呢！”利江回答，语气中既充满了活力又带着点傻气。

英语老师关上门出去了。利江说：“差点给我吓尿了。”

大家笑作一团，我也跟着笑了。

邻桌的美都子有时候会带放了地瓜的便当。

我小时候吃了太多地瓜，所以对她看到便当里有地瓜就很高兴这件事感到很不可思议，我觉得地瓜是穷人吃的东西，可是她却吃得很开心。

“你真的喜欢吃这个吗？”我问在把地瓜小心翼翼地掰成两半吃的美都子。

“奶奶蒸的地瓜很好吃哦。”美都子撒娇似的盯着我说。

看她露出这种神情，我默默地想，男生大概都喜欢这样的女生吧。光顾着想这些，我都忘了问她地瓜是怎么蒸的了。

忽然感觉肩膀一沉，有人从我身后探过身子，一把抓起美都子掰开的地瓜。

原来是琴枝。我觉得很紧张，她就这样把身子压在我身上，整个人贴着我开始吃地瓜。

美都子很高兴地把便当盒推到我这边。可不管她怎么让，我最终也没吃她的地瓜。

琴枝唰地一下站起身，吃着地瓜走了。

我的心一直跳个不停，琴枝走了之后我居然还觉得有点落寞，我被自己的这种想法吓了一跳。

每次体育课我都盼着赶快下课。

我什么运动都不擅长，也不喜欢。跳舞记不住动作顺序，打垒球连一垒都到不了，打排球时一看到球过来就本能地躲开，总是被老师骂。

我还经常不自觉地站在原地发呆。老师经常气得冲我吼："你认真点啊！"

只有在体育馆里做器械体操的时候才能轻松一点，因为器械很少，所以需要等很久才能轮到我。

我靠着墙发呆，目光追随着琴枝。反应过来的时候，才发现自己一直在寻找琴枝的身影。

琴枝在平衡木上像风车一样旋转，然后起跳、翻身，稳稳落地的瞬间目光炯炯地直视着前方。靠在墙边的同学们都佩服地看着琴枝。

其他人只是佩服她，但我知道自己还有其他不一样的感觉。

我移开视线不去看她。

英语课上，琴枝趴在桌上睡觉，看到她后脖颈处的水手服衣领，我忽然有种很想过去捏她肩膀的冲动。

琴枝打球的时候总是发出男人似的声音。我平时听到体育小组的学生发出这种声音都觉得很不舒服，但是琴枝打排球时沉着腰发出的“嘿！嘿！嘿！”的低吼声，却让我莫名感到很心动。

我努力让自己不要去看她。

放学后，琴枝她们一群人聚在教室角落。

我因为读《布登勃洛克一家》入了迷，也在教室里待着没走，也可能是因为我想待在琴枝旁边。

“有狗在这儿可真是麻烦啊。”

是琴枝的声音。

我心里一紧。她说的是我，因为我爸爸是这所学校的校长。

我装作没听见，继续看书，但书的内容已经变得没意义了，现在它们在我眼里只是一堆罗列在一起的文字而已。

“猪大肠”有时候晚上会来找我爸爸。

在小小的职员住宅里，不管待在哪儿都能听到客人说话的声音。

我爸爸去年让怀孕的高年级学生转学到京都的高中，还陪着她一起去了京都。我压根儿没见过那个学生，对“不良”的事也毫无兴趣。那是发生在我的世界之外的事。

“猪大肠”说起了琴枝她们那帮人。

“去年不是发生过那种事嘛。”教导主任说，“他们是在‘青麦’那儿聚会的。”

琴枝她们似乎是在“青麦”和男校的学生们约会。

我听过琴枝的一个跟班在教室里抱怨：“真是笨蛋啊，大热天的我说我冷，但那个男生根本不懂我什么意思，真没用。”

我对琴枝在校外做什么一点兴趣也没有，也不关心她们感兴趣的事。只是我总是情不自禁地想去看琴枝，然后心跳加速。

收音机里播放着大学入学考试的课程。我把音量调低，听到“猪大肠”在给男校的教导主任打电话，知道了他们约定一个小时以后在“青麦”隔壁电器行的电视前会合。

我把收音机音量调大，偷偷溜到玄关骑上自行车出门。骑了差不多十分钟才到了琴枝家，我敲了敲她家的窗玻璃。

琴枝家是开杂货店的。窗户后面挂着脏兮兮的印花窗帘。剃着寸头的琴枝弟弟打开了窗户。

“琴枝呢？”我气喘吁吁地问。

他说了声“不在”就把窗户关上了。

我又沿着河骑了大概五分钟，看到电器行灯火通明，店里放着一台电视，电视冲着马路，正在放格斗比赛，店门前围了很多人。

“青麦”门口只有一个小小的绿色招牌亮着。电器行旁边的米店已经关门了，我在米店门口停下。自行车的支架怎么也立不住，我只好把它靠墙放着。

我忐忑不安地推开了“青麦”的门。

店里光线昏暗，弥漫着烟味。在角落的座位上坐着七八个人，有男有女，我看到了琴枝。店内除了他们没有其他客人。

琴枝穿着高领的白衬衫和波点百褶裙，脚蹬一双不包跟的高跟凉鞋。

她转身朝我这边走过来，手里还拿着烟。走到我面前之后，她皱着眉头盯着我说：“哟，爱学习的班长大人，你来这儿是想和男生搭讪吗？”

“‘猪大肠’要来了，你们还是赶快回去比较好。”

我感觉自己的声音听起来低声下气的，又带着一点以

“恩人”自居的骄傲。

琴枝眼中的敌意一下子消失了，接着她对我说了声：“谢谢！”

听到她这么说，我感到很惊讶，那种有如闪着光的箭、刺痛我的东西好像忽然消失了。

我感觉肚子里翻江倒海的，心里也难过起来。

琴枝那双带着黑眼圈的眼睛盯着坐在旁边的男校学生。那是一双怯懦而平凡的女孩子的眼睛啊！

“那女的是怎么回事啊？！”

那个少年穿着白衬衫，没扣扣子，黝黑的皮肤上长着粉刺，他叉开腿，身体朝琴枝靠了过去，手也搭在了她的肩膀上。

身材娇小的琴枝看起来就像年幼的小女孩一样。她张开了嘴，却欲言又止。

我定定地看着琴枝说：“我是狗。”然后转身头也不回地离开了店里。

我从窗户溜进自己的房间，收音机里的课程已经从数学变成了英语。

“猪大肠”还在说话。

过了一会儿，外面传来了“猪大肠”骑自行车吱嘎吱嘎的声音。

那声音越来越弱，渐渐听不到了。

二十一岁一夏

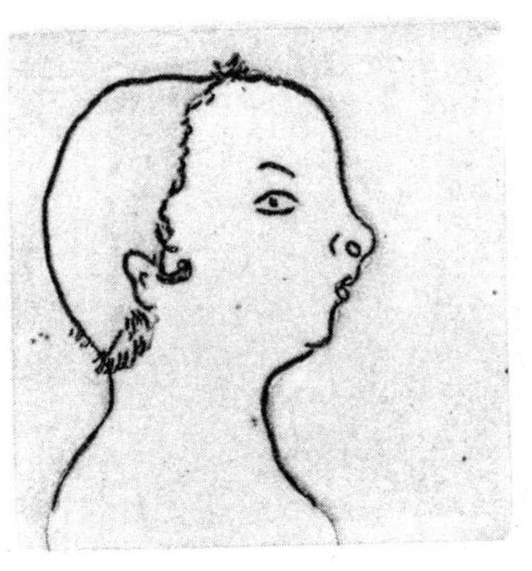

来上预备校的人基本上都是十八岁。

小夜穿得跟个小学生似的，一条花朵图案吊带裙搭配一件泡泡袖白衬衫。这身打扮实在是太做作了。她还故意一字一顿地说话，看起来更像小孩子了。

小夜在我旁边画着素描说：“大家都很想跟你说话呢。”

我刚从乡下出来，惊讶地想着东京有像小夜这样的女孩，应该是个很不错的地方吧。

“我吧，其实是养女。”小夜的语气忽然认真起来，好像变了个人似的。

“我和我妈，也就是有血缘关系的姨妈，不亲近，反倒是跟没有血缘关系的爸爸比较亲近。我妈不喜欢我和爸爸亲近，所以我在家里必须装作和爸爸关系不好的样子。要想和爸爸说话，只能去旅馆。我可能没法去上大学了，虽然爸爸希望我去学画画，但是我妈想让我结婚啊。你觉得我穿的衣服很奇怪吧？其实这都是我妈让我穿的。”

我第一次抛开花朵图案吊带裙和泡泡袖白衬衫，看到了真实的小夜。她比任何人都成熟、性感。

“我现在要去旅馆跟我爸见面，商量一下怎样才能上大学。”小夜放下画了一半的素描，掸掉围裙上的脏东西就走了。

我不明白她为什么这么信任我，但一想到她是被收养的，还有可能上不了大学，就觉得她很可怜。

直到很多年后我才明白，小夜跟我说这番话的时候下了多大决心，她背负的东西也许比我想象的更复杂、更沉重。

女生宿舍里，住在玛丽隔壁的小黑是医大的实习生，总是在房间里一边叽里咕噜地背德语单词，一边来回踱步。

我和玛丽正趴在床上翻杂志，小黑突然郑重其事地说：“你们要如实回答我。”

我和玛丽面面相觑。我们是做错什么事了吗？不管做没做错事，如果小黑抱怨我们的话，该怎么回应呢？毕竟平时除了偶尔被她吼“吵死了！”之外，基本没和她说过话。

“你们觉得我怎么样？”小黑叉开腿站在我们面前，抱着胳膊问道。

“什么怎么样啊？”玛丽有点惊慌失措。

“你看，我的成绩是全A嘛，智商肯定没问题。家人是医生，我觉得我的家世也不错。身高一米六五，胸围八十五，皮肤也很白，这方面我对自己很自信。我这么优秀，为什么他却选了那个女人啊？我接受不了。你们老实告诉我，我到底是哪里不行？”

她死死地盯着我和玛丽，我俩见状急忙爬起来在床上坐好。这要怎么回答啊？！

“小黑你很棒啊！你看，你脑子好使，人长得也好看，对吧？”玛丽求救似的盯着我。

“嗯！”

“是吧，所以我怎么想都接受不了啊。我只想到一点，就是这里，牙齿，就是牙齿。”

小黑咧开嘴，用食指用力地敲打着自己的门牙：“我的牙是不是有点往外凸？”

“哦，是因为牙往外凸吗？”

“除了这个不可能有别的原因了。我要去整牙，就这么定了。谢谢。”小黑说罢就转身出了房间。

史子是五个女学生中最认真的一个，简直认真得要命，跟她讲笑话完全讲不通。

班里的学生都互相叫外号，但在她的外号后面却还要加上“女士”[①]两个字。

其他女生和男生说话的时候语气都很粗暴，只有她会慢条斯理又认认真真地回应别人说的话，所以大家跟她说话时也都很礼貌。

她周围的空气永远是安静的，时间在她身上仿佛是以略微不同于他人的速度在流逝。

教室角落里的书架上摆着一排素描用的石膏像，其中有一个是美第奇的雕像。傍晚，空荡荡的教室渐渐暗了下来。史子踮起脚，轻轻地把嘴唇贴在了美第奇的嘴唇上。

顺子是油画专业的女神，就连被她无动于衷一脚踢开的素描橡皮外壳，男生们都恨不得要抢着吃掉。幸田君的宿舍里贴着一张年表，始于一九××年，最前面写着：“四月五日，幸田宏爱上了顺子。”可是现在才三月啊！

“六月二十五日，幸田宏脑海中沉睡着的部分才能开始苏醒。”

“七月一日，百号完成，新艺术到来！！顺子很感动，给了我初吻。”

“十月，获得新制作新人赏，我的时代终于来了！！和顺子定下婚约！！”

① 原文是“さん”，日语里称呼不熟悉的人或长辈时的尊称。

这张年表一共有一米长，幸田君光明的未来在纸上闪耀着，再看看站在年表前面那个皮肤黝黑、气质轻浮的幸田君本人，真是眼泪都要下来了。

幸田君的长裤、短裤和衬衫都只有一件。长裤洗了，就穿着短裤画技术不怎么样的画。

顺子看到那个年表以后，一边笑着对幸田君说“笔借我一下”，一边拿过他的画笔，重新在调色板上涂抹钴蓝色的颜料，在年表最前面的空白处写道：

“三月二十日，幸田宏失恋。”

啊，今天就是三月二十日吧。

大学修学旅行的两周时间里，我们游历了奈良和京都的各种古寺。八月的酷暑中，我们有时乘巴士，有时就列队在田野里缓慢地步行。

白天实在是热得人打不起精神，大家心不在焉地站在脏兮兮的古佛像前听美术老师解说，都盼着赶紧结束。但一到晚上住进奈良公园前的破旧旅店里之后，大家忽然都恢复了活力，变得兴高采烈起来。

班里的五个女生住在一个房间，大家换上睡衣，在薄薄的被褥上打滚，笑得前仰后合。

“我说，水尾先生这人不错吧？”我提起了才三十岁就有些秃顶的美术史老师。

“哎呀，不行啊，他可是我先看上的。”惠美子干脆地说。

“我只是说他不错而已嘛。”

“是吗？”

“我跟你们说，今天咱们在田里往药师寺走的时候，他在我旁边说‘这么热的天在奈良也很少见呢’，跟我说的耶。嘻嘻嘻。”

“我在巴士上还一直坐他旁边呢，好像还是指定的座位呢，哈哈哈。”

我们兴奋地吵闹个不停，忽然听到有人说：“啊——烦死了！真讨厌小孩！”

原来是和江。她怀里抱着一个枕头，闷声笑着。

“下流。”惠美子踢了和江一脚。

和江有个比她大十岁还离过婚的恋人。据说，在她上大学之前，两个人就开始谈恋爱了。和江很有才华，听说班上的男生都很崇拜她。

“再给我个枕头。”和江用带着鼻音的甜美声音说。

“给。”惠美子把自己的枕头扔了过去。

和江微微张开两条肉乎乎的腿，夹住了惠美子扔过来的枕头。

“啊——啊——啊——”腿间、胸前各有一个枕头的和江，躺下翻了个身。

“啊——真是下流！”惠美子又说了一遍。

下流吗？她只是在闹着玩呀！

“和江，能看到吻痕哦。”惠美子说。

“咦？哪儿呢？不会吧！”和江倏地起身坐好，双手在胸前交叉着抱住脖子，因为太用力，脖子上的筋都凸出来了。

“骗你的。”惠美子笑着说。

和江扑通一声又躺倒，抱着两个枕头“啊啊啊”地叫起来。

我二十一岁了，连男生的手都没拉过，并没有觉得抱着两个枕头在热乎乎的被褥上“啊啊啊”叫着打滚的和江下流。我还以为她是太热了睡不好呢。

十九岁的竹林长得实在太娇小了，我觉得她的年纪应该比我们都小很多。

竹林和我一起在学校旁边的空地上晒太阳，趴着晒一会儿后背，再翻过身来用手绢盖住脸晒一会儿身体正面。我们几乎不说话，能听到身下干枯发红的草叶被压碎时发出的声音。有时还能听到小虫扇动翅膀的声音。

“我昨天去海边了。”

“和谁去的？”

“我的高中老师，他说他喜欢我。”

“高中毕业以后开始交往的？”

“不是，在学校的时候就已经在一起了。”

“哎……”

竹林纤细的手指仿佛随时都可能会断掉似的，她把两只手叠在胸前，微小空灵的声音从手绢下飘来：“你觉得我俩去海边以后干什么了？”

“不知道。”

“他说只要我能待在他身边就好，还有，不管说什么都行，只要我和他说话就好。老师说，他喜欢闭着眼睛听我说话。”

“然后你就一直说话？”

“对。”

竹林不仅身材娇小，动作也很轻，我从来都没注意过她是什么时候进的教室。

“有那么多话可说吗？”

“老师不是对我说的事情感兴趣，他只是喜欢我说话的方式和声音。就算没什么可说的了，我也要找话说下去。”

“在海边？”

“嗯，就是昨天。”

一翻过身趴在地上，泥土和干草的气息立刻朝我袭来。

“回去吧。”竹林坐起来，抱住膝盖。

我看到了她稚嫩又白皙的脸庞。她纤细的脖子上有一个直径一厘米左右的肿包，我担心她可能很在意它，所以一直尽量不去看，但每次都不由自主地看过去。

“我脖子上有个包吧。”

“嗯。”

“他说他很喜欢抚摩它。”竹林边说边用食指轻轻地抚摩脖子上的肿包。

***

美智子:

最近还好吗?

我前段时间和阿姨见面的时候，她说你现在很受欢迎，总有男孩子来找你。听说有一次两个男孩子碰巧一起来了，于是你一会儿去这个房间，一会儿去那个房间，一副游刃有余的样子。我明明和你一样是二十一岁，可我却没有男朋友。不过，我在东京遇到了一个很奇怪的男孩。

那个男孩的外号叫“煤渣”，脸长得很可爱，眼角向下耷拉着，总是一副笑呵呵的样子。他真的是个很神奇的人。有一次他用一块很大的、带有藤蔓图案的包袱布包着课题作业来了，竟然有二十八幅，他把那些画在教室里铺了一地。老师看完他的画之后说：“我服了，我无话可说。无论是数量还是质量，都没什么可指摘的。”我们都惊得说不出话来。还有，他早上来上学的路上，会爬到中央线车厢内的行李架上装睡，还会在满员的电车里铺开报纸吃便当。

前段时间，他还突然站到课桌上把裤子脱了，露出穿在里面的女式紧身裤，在教室里模仿脱衣舞。

夏天，他戴着草帽，穿着短裤和拖鞋，打扮得像个要去抓蜻蜓的小学生，跑到银座的商场前面装乞丐。他把帽子倒过来放在面前，脸贴着地，冲着大街上来往的人喊：“走过路过的老爷们，行行好！”居然还有小女孩真以为他是乞丐，往他的帽子里扔了个十元硬币。

之前大家一起去看展览，我们都看烦了，准备一走了之，谁知道他忽然摆出一副要哭的样子，大声喊“等一下！请不要就这样扔下可怜的‘煤渣’一走了之”，故意吸引着别人回头看。

不过，他虽然是个怪人，但是画技却没得说，所以大家都很崇拜他。我虽然也觉得他很厉害，很佩服他，但他总是黏在我身边，在学校里还一直冲其他人嚷嚷着“走开走开！

这是我的女人”。我跟他明明没什么，但就因为他总是这样，其他男生都不来接近我了。

本来我就不受男生欢迎，再被他这么一搞，完全没戏了。

不过，“煤渣”是唯一欣赏我才能的人。他总是很细致地点评我的作品，即使是被老师打了低分的作品，他也会找出其中的优点来表扬我。也多亏了他，我才对自己有了些自信，为此我非常感谢他。但是，每次他总是一边点评一边挖鼻屎，都落到我的画上了，这又让我觉得很不舒服。我要是跟他说“哎呀，脏死了”，他还会把鼻屎吃掉。

美智子：

我暑假不回去了。最近为了画参加展览会的作品，每天都忙得要死。“煤渣”之前跟我说想和我合作，所以我们正在一起完成作品。“煤渣”虽然还是学生，但去年他的作品被选为展览会特选，备受瞩目，大家都很想跟他合作。这样的“煤渣”却选择跟我合作，让我也跟着受到了关注。他每天早上五点半从蒲田坐第一班电车来下高井户，到我住的地方，这让我觉得很感动。但宿管阿姨总是站在晾晒在院子里的被子后面，时不时地使劲咳嗽几声。

我们画的是香颂的专辑封面，“煤渣”想画看起来像花一样的漂亮艺术字。我虽然也很喜欢他的想法，但我已经画了几百张画了。“煤渣”不会说“画不出来就别画了”，他会鼓励我说“已经有点感觉了，越来越好了”。画到筋疲力尽，又热得要死的时候，他也能若无其事地说出“你的画里洋溢着才华，富有透明感”这种令人起鸡皮疙瘩的话。昨天我们终于从所有画里挑出了十八张，按照六张一组用画框裱好，总算赶上了参展。令我惊讶的是，除了和我一起画的这些封面画，他自己在家还准备了六张演出海报。我们把画搬去展览会场时，大家都围过来看他画的海报。大概今年他又要入选特选了吧。

从展览会场回去的路上，我们去了御茶水[①]的咖啡店喝冰咖啡庆祝。

他说，我虽然有才能却没有毅力，如果按照现在这样发展下去是成不了大器的，人只有认识到自己没有天分，才会付出别人五倍的努力，成败都是靠自己的。

说罢，他从包里取出一条黑黄相间的女式连衣裙说：“给你，我从我妈那儿偷来的。”我非常震惊：“你这不是做贼吗？会被你妈骂的。”他却一脸无所谓的样子：“她根本不记得，下次我再偷件黑马甲给你。”

---

① 日本东京都区部的一个地区，主要位于东京都文京区汤岛至千代田区神田一带，以千代田区神田骏河台为中心。

美智子：

我和“煤渣”绝交了。前段时间去朋友宿舍的时候，大家都在抽烟，我抱着玩儿的心态也抽了。但是抽完之后我就觉得很不舒服，蔫儿了似的坐在地上。

“煤渣”赶忙说“回去吧”。我是他带着一起过来的，所以他说要回去的话我也必须跟他一起回去。刚一出门，他就跟我说“以后别这样了”，然后我们就吵了起来。

“哪样？抽烟？”

“对。”

“但和江她们也都抽啊。”

“不是说不让你抽烟，是让你别那副样子。”

“不舒服的时候谁都那样啊。”

“不是，就是你刚才，看起来和平时不一样。”

“我不知道我平时看起来是什么样的。”

“还有，之前我们在电车里，我要用伞尖戳你的鞋尖，然后你笑嘻嘻地说别这样，感觉很痒，那种以后最好也别做了。”

“你说什么呢？不是你先手欠戳我的鞋的吗？”

“是这样没错，但我的伞根本没碰到你的鞋啊，按理说根本就不会痒吧。”

“我要生气了啊，你到底在找什么碴儿啊？因为觉得痒所以就笑了，有什么不对吗？你这人真是什么时候都这么卑鄙。”

“对不起，对不起，是我‘煤渣’错了，我就和灰尘一样。”他边说边用脸在地上蹭，脸上沾的全是泥。然后他还嫌不够似的，故意笑着用手抓地上的土往脸上抹。他的脸上被他搞得全是脏兮兮的印子。

“我真受不了你了。做什么事都那么做作，做什么事都要算计，一点都不自然，绝交吧。”

我就这么跟他绝交了。说不定甩了“煤渣”之后，我就能交到男朋友了呢，敬请期待吧。

但是我已经和他绝交三次了，这次是不是真能绝交，我心里也没底啊。

美智子：

我这段时间在练习写生，每周四晚上都要去荻洼的画室二楼。写生很有意思，这已经是本周的第三次了。我画得很好，好到让我觉得自己也许真是个天才。

今天为了占到好一点的位子，我早去了一会儿，结果一到那儿就看到“煤渣”坐在最好的位子上，也不知道他是听谁说的。他完全无视我的存在，模特一来，他“哈哈”两声就画了起来。他画得很棒，大家都忍不住从他身后偷看，我觉得很烦躁。我无视他，专心画画。休息的时候，我忽然听到后面有人说：“线条很漂亮，但是画得太分散了。应该往画纸中间收一点，不然会和画出去的部分混到一起。整体收一点的话会比较好。”

我下意识地回答：“怎么画？我一画就会变成这样。我知道了，下次我换大一点的纸试试。”下课后，我俩就像没吵过架似的一起回去了，他还说“一起去吃炒面吧”，然后带我去了一家很脏的店。

虽然店里很脏，但炒面的味道还不错。吃完饭后，他拿出记事本写上“借给洋子三十五元，炒面钱”，写完还拿给我看。我想当然地以为他要请客，看到这句话后，简直气不打一处来，立马就拿出三十五元还给他了。明天开始，我在学校的处境就很尴尬了。我说了无数次要和“煤渣”绝交，这话已经没有可信度了，我想我怕是永远也交不到男朋友了吧。

其实我有喜欢的人，是同班同学。虽然我个性很好强，但是一直不敢跟他表白，就这样过了一年半。

昨天和“煤渣”在咖啡店里喝茶的时候我哭了。

我和煤渣说了这件事。

煤渣说：“你不能着急啊，现在也不是没戏嘛。你是因为现在只想好好工作吧，不然的话，你没准很受欢迎呢。”

“本来希望就很渺茫，你又老是黏在我身边，这下更没戏了。”

“不是这样的。他在深川有个青梅竹马哦。”“煤渣”说。

听到这句话，我的心跳似乎要停止了，又有点想哭。估计在其他人眼里，我和“煤渣”看起来就像一对恋人吧。然后，“煤渣”告诉我他一直都喜欢一个女子美术大学的女生，而且经常跟她约会。我对“煤渣”有女朋友这件事感到难以置信，不知道这人在女朋友面前是不是也猛挖鼻孔。

我问“煤渣”他女朋友知不知道他在电车的行李架上睡觉的事，他答道：“这种事她根本就不会相信，她可崇拜我了呢！”

“哎，你还挺厉害的嘛！”我表示钦佩。

不管怎么说，喜欢的人在深川有个青梅竹马，对此，我还是觉得很受打击。所以不管“煤渣”说什么，我都心不在焉的，好像掉进了地面上凭空出现的无底洞里，什么也听不到，一直沉默着。“煤渣”兴奋过头，送我回到宿舍之后，故意跳进水池，然后两手各拎一只鞋子回去了。

你现在都已经订婚了呢，并且秋天就要结婚了。我想起了你穿着水手服的样子，那时候我就觉得你有种很适合成为妻子的气质。我最近会找个周末回清水，到时候当面给我讲讲各种事情吧。我大概就要这样，连那个深川男孩的手都没牵过就失恋了吧。我从刚才开始就一直在被子里窝着呢。

美智子:

最近一边忙着毕业作品，一边手忙脚乱地开始准备找工作了。“煤渣”没经过入职考试，就被一家名叫“NND”的热门公司特别录取了。我面试了两家公司，都被淘汰了，而我心里还在琢磨深川的青梅竹马是不是骗人的之类的事，真是灰暗的青春。

昨天回学校，出校门的时候碰到了“煤渣”。

“我告别童贞了。”他说。

我目不转睛地盯着他:“啊，什么时候的事？”

“什么时候都无所谓吧。”

“哼，那是跟谁啊？”

“跟谁都一样吧。”

“恭喜你啊，是和女子美术大学的那位吧？”

“哎呀，怎么说呢。”

“你喜欢她吗？”

“那当然了。”

“恭喜你啊！”

“今天我们也要去约会呢。”

“那挺好的啊，祝贺你。”

这时忽然听到有人在喊：“你们两个，老是黏在一起，真下流。”

原来是学西洋画的男生们，他们在学校墙边站成一排。“煤渣”假惺惺地冲他们道了谢，然后飞快走开了。

走了两步后，他嘴里念叨着“管不着，管不着”，然后一蹦一跳地继续往前走。

“我从入学之前就看上她了。”

“哇，那可真够久的了，真好啊！”

“托你的福。”

“我到底什么时候才能有男朋友啊？！”

“我先有女朋友了，真不好意思。”

就是这样了，那个怪人对于我来说真的是个很不可思议的人。我的青春也随着大学毕业逝去了。

恭喜你结婚，婚礼我无论如何都会出席的，这是我第一次参加婚礼。你也没参加过婚礼吧？参加的第一场婚礼就是自己的婚礼，你真厉害啊！

孩子的季节

公主的手指

我去医院了，因为小指上扎了根刺，肿得跟个黄色的毛毛虫一样。护士给它缠上了白色的绷带。

妈妈说："你在这儿等着，我去拿药，你别乱跑啊。"

我旁边的花坛里种着太阳花。有个和我年纪差不多的女孩正蹲在太阳花旁，我也学她的样子蹲下去，然后转头看着她。她也看着我。

我像螃蟹似的往她那边挪了一点。她安静地盯着我。我又往她那边挪了一点。

她还是那样安静地盯着我。我又往她那边挪了一点，这回我的屁股撞到了她的屁股。她笑了，我也笑了。

"你几岁了？"我问她。

"五岁。"

"我也是。"

我们又相视一笑。

"我可以变成公主哦，你看着。"她边说边揪下几片深红色的太阳花花瓣，用右手的大拇指和食指搓了搓，然后在左手食指的指甲上涂了几下。

“你看。”她伸出自己的食指，看起来真的像公主的手指一样。

这时妈妈回来了。

我对那个女孩说：“你在这儿等着我，就这样等着，千万别乱跑哦。”

她一脸严肃地点点头。

她就那么伸着那根公主的手指，一直看着自己的手。

妈妈拉起我的手，快步走开了。

那个女孩就一直那么盯着自己伸出的那根公主的手指。

妈妈拽着我走了，她把我放进车里坐好，然后发动了车子。

到家之后，我蹲在玄关处想着那个等着我的女孩。

因为我跟她说了“就这样等着”，所以她就一直站在那儿伸着手等我。她一边哭，一边说：“手好疼，手好疼。”

我朝空中伸出了自己那只缠着绷带、肿得像虫子一样的手。我的小指像白色的虫子似的，压根儿就不是公主的手指。

我一直伸着手。手渐渐地疼了起来。我努力忍着。可是它却越来越疼，疼得我快要受不了了。

我的胳膊好像已经不是自己的了，越来越重，连疼痛都感觉不到了。

我似乎感觉不到自己的手了。忽然眼前一片纯白，然后有银粉落了下来，我伸着的手不见了。

我站在医院的花坛旁边。

那个女孩也站在那儿，用那只公主的手握着我缠着绷带的手。

“对不起。”我说。

她笑了，我也笑了。

“我知道你会来的，你缠着绷带的这只手刚刚从空中飞过来了。我就觉得你肯定会来。”

“把我的手还给我。”

“不行，你对我撒谎了，这是惩罚。”她笑着把我的手藏到身后。

我又笑了。

我们两个中间下起了银色的粉末。

我的眼前落下了银粉。

我发现自己坐在玄关旁边，银粉闪着光消失了。

我把两只手紧紧握在一起。手指甲变成了玫瑰色，缠着白色绷带的小指的指尖也染上了一点玫瑰色。她把我的指甲变成了公主的指甲之后，把手还给我了。

我张开公主的手，伸向空中……

小小的神明

哥哥把门打开一条小缝，探着头往外看。我站在哥哥身后，把头搁在他头上，也往外看。我明明一句话也没说，哥哥却一直冲着我“嘘！嘘！”个不停。

旁边的门吱呀一声开了，住在里面的叔叔从我们面前走了过去。其实我们什么都没看见，但我们知道是他。叔叔脸色红润，留着一点小胡子，手里还拄着一根拐杖。他穿着草绿色的西服，脚上是一双没有纽扣也没有鞋带、干净又闪亮的黑皮靴。

我俩安静地看着，等叔叔一走立马站了起来。

隔壁的婶婶正抱着猫站在院子里。她没有孩子，于是就把猫当作自己的孩子。

“让开一下！”哥哥说。

婶婶也不回答，自言自语似的对猫说：“说让我们让开一下呢。”

“说是想从咱家二楼过去玩呢。怎么办好呢，阿熊？这次就给他们让开？别从楼梯上滚下来，好好拿着鞋子就行了，是吧。”

哥哥两手提着鞋子上了台阶，我也两手提着鞋子跟在他身后。

台阶的尽头有一扇窗户，哥哥两手拿着鞋从窗户翻出去，不见了。

我拎着鞋子呆呆地站在原地。

窗户那边是一片森林。

哥哥匆忙穿上鞋子朝林中跑去。

林子里传来了孩子们的声音。我从来没有听到过那么多孩子的声音。

正在往树上爬的孩子，皮肤看起来和树干一样黑。已经站上树枝的孩子看起来像树叶一样，是绿色的。而站在树顶的孩子被阳光照射着，浑身金光闪闪的。蹲在地面上的孩子们身上闪着斑驳的光。

我从来没有见过那些孩子，也没有看到过那片森林，一时间我发不出任何声音。

我靠在隔壁家的墙上，抬头看着哥哥和我翻过的那扇窗户，窗户还开着。我觉得自己不可能再爬上那么高的窗户了。

哥哥去哪儿了呢?

我背靠着墙，像螃蟹一样沿着墙面横着移动。背后的木墙忽然变得粗糙起来，泥土不断落在我身上，但我还是像螃蟹一样横着走。我感觉后背碰到了什么坚硬的东西。

是窗户。一扇开了一半的窗户。

我往窗内瞟了一眼。那是一个幽暗狭长的房间，角落里摆着一张木床。我总觉得好像去过这个房间，于是往屋内看去。

我看见那张床上躺着一个光着屁股的婴儿。这时进来了一个女人，她用布条把婴儿的屁股包了起来。

原来是阿妈[①]啊！原来我现在在阿妈的房间后面。

我从来都不知道她房间的窗户对着森林，也不知道她是那样包婴儿的屁股的。

我穿上了鞋子。

“哥哥！”我一边大声喊着，一边慢慢往林中跑去。

哥哥在那堆孩子里是最小的。拎着幼儿园的小熊包，在我面前充大头的哥哥，在这群孩子里却是最小的，想到这些，我不由得感到很忐忑，觉得哥哥有点可怜。

哥哥面前站着一个比他大不了多少的男孩，脚踝上缠着白色的绷带，手里握着好多大个儿的豆子。

---

① 原文为“アマ”，指的是家中的女佣、保姆。

哥哥一直盯着那些豆子看，就像乞讨饼干的约翰似的，看得在一旁的我只想哭。

那个男孩把最小的豆子给了哥哥。

“谢谢！”哥哥屁颠屁颠地接过来，就像得到了饼干的约翰。

哥哥回过头笑着跟我说：“厉害吧，这个是刀豆。”

我抿嘴笑笑。我也想要刀豆。

爬上树的孩子不停地往下扔豆子。缠在树上的藤蔓上结了很多刀豆。我和哥哥都去捡掉在地上的豆子。

哥哥把豆子挨个塞进腰间的皮带里。那个脚上缠着绷带的男孩就是这么做的。

我身前的口袋都装满了，那个脚上缠着绷带的男孩走到我旁边说：“你想要我给你。”男孩的呼吸喷在我的耳朵上，有股牛奶的味道。

除了哥哥，我还没和哪个男孩子关系这么好过，不由得觉得有点对不起哥哥。

哥哥兴高采烈地把手搭在我的肩上说：“太好了！”

我笑了笑，管他要了第二大的豆子。我的口袋里已经装不下豆子了，只好放进短裤里。

“跟我来一下，我跟你们说个秘密。”

哥哥努力地跟在那个缠着绷带的男孩身后，而我已经小跑了起来。

短裤里的豆子一直卡在我的屁股那里，走路很不舒服，我只好扭着屁股往前跑。可跑着跑着，原本放在前面的豆子转到屁股后面去了，我就不再扭屁股，正常地往前跑了。缠着绷带的男孩经过阿妈的房间，又经过我家厨房的窗户。

“这里是我俩的家。”

男孩听罢朝阿妈房间旁边的厨房里看了看说：“真寒酸。”

他从窗外往厨房里扔了颗豆子，哥哥和我也各自扔了一颗。我觉得哥哥跟着他真是太好了。

“就是这儿，不能跟任何人说哦。”

“嗯！”我和哥哥异口同声地应道。

男孩大步流星地向森林中间走去。身后是其他孩子打闹的声音，只有我们仨在悄悄地走向“秘密”。

男孩在一棵树跟前停下：“就是这儿。”树下有一块很小很光滑的方形石头，黑色的石头上有红色的花纹，“这个是神哦。”

“哦……”

这就是神啊。

男孩又慌慌张张地环顾了下四周：“不能和任何人说见过神哦，只是看神一眼就会受惩罚的。”

“哦……”我想，幸亏我没看它。

“不过，真正会遭到惩罚的做法是冲它小便，冲它小便的人会受到惩罚死掉。”

我和哥哥握紧了彼此的手。

“我要冲它小便试试。”男孩说。哥哥没搭话。

男孩拉下短裤，掏出小鸡鸡，张开双腿跨到了神上面。我既害怕，又想看看神的惩罚到底会不会应验。

他冲着神撒起尿来，神变得湿漉漉的。“你们看，我就要受到惩罚死掉了。你们两个小屁孩就不敢了吧。”

哥哥看着我，我使劲拽着他的两只手，不让他靠近神：“回家吧，回家吧。”

男孩一边收起小鸡鸡一边说：“不许跟任何人说啊。”

“真厉害啊！”哥哥一脸崇拜地看着他。我心想，哥哥要是个连尿尿都不敢的小屁孩就好了。不过，他没冲神尿尿，所以不会受到惩罚，想到这里我又觉得很庆幸。

我紧紧握着哥哥的手，一个劲儿地说：“回家吧，回家吧！”

不过，我们到底是从哪儿回的家呢？

妈妈问哥哥：“你昨天跟那孩子玩了？”

“嗯。”哥哥惴惴不安地回答。

“我还从来没见过死得那么突然的孩子，他脚上是不是缠着绷带？”

“嗯。”

“他走路的时候瘸吗？”

“不瘸啊。”

“奇怪了，说是除了那儿身上其他地方都没有伤啊，说不定细菌是从那里进去的。你摸那儿了吗？”

“没有。”

“真的？细菌可是会传染的，很可怕的。”

哥哥眼里透出恐惧，我看着他，我知道我们两个都一样，眼里充满了恐惧。

我和哥哥钻到客厅桌子下面。哥哥从短裤里掏出小鸡鸡，直勾勾地盯着它看，我也直勾勾地盯着它看。

哥哥蹲在用木棍牢牢挡住的门前，把耳朵贴在门板上听着。我也蹲在旁边，把耳朵贴在门板上听着。

隔壁的门开了。接着隔壁的叔叔从我们门前经过。我们什么也没看见，只听见脚步声渐渐消失。

隔壁的婶婶还是在大声地和猫说话：“今天没来呢。奇怪啊，他们是不是不去森林里玩了呀？”

我和哥哥眼中的恐惧又苏醒了，定定地盯着彼此。

我们两个就这样在门前坐了很久、很久……

四方形的天空

妈妈穿上天鹅绒旗袍，围上狐狸围脖，踩上高跟鞋，在门口坐上人力车离开了。

妈妈一走，我就在门上的铁质门闩上插上了粗粗的木棍，确保门不会被打开。门是六角形的，刷着绿色的漆。插门的木棍也是绿色的。

我凑到门前闻了闻，门上有一股土腥味。无论我什么时候想起来，这种味道都是那么清晰。

我把耳朵贴在门上，可以听见隔壁养的鸭子嘎嘎叫着从我家门前走过。除此之外，院子里一片寂静。

我走到长着小黄花的地方找蚂蚁。昨天在花根处列队行进的蚂蚁今天却不见了。我找来一根细细的树枝，开始挖花根处的土。昨天那些蚂蚁可能藏进了土里面。

挖了两下之后，地里钻出来一条白色的虫子。它蠕动着想逃跑，我用树枝把它从地上挑起来挪到沙堆上，然后挖了个洞把它埋了进去。我用沙子在上面堆了个小圆丘，又摘了朵小黄花放上去，就当作白虫子的墓了。我还想再找一条白虫子，就又在地上挖了起来。

这时门铃响了。我急忙跑过去，拿开插着门的绿色木棍。

门外是个乞讨的男人。他从腰间的小袋子里拿出一个牛奶罐递过来，我学着爸爸平时的样子说："一分钱也没有，去去去。"

看到乞丐准备离开，我赶忙说："我虽然没钱，但是有烙饼，你喜欢吃烙饼吗？"

"喜欢啊！"

"你等着。"

乞丐靠在门边等着我。我跑进厨房，拿来当零食吃的烙饼。他接过烙饼，撕了一小块放进嘴里，慢慢地嚼了起来。他吃得实在是太慢了，我忍不住一直盯着他的嘴。

"再吃一口吧。"我说。

他又撕下一小块烙饼，放进嘴里慢慢嚼了起来。吃完这块之后，他把剩下的烙饼折起来放进了那个牛奶罐里。

"不吃了吗？"

"待会儿再吃。"

"你要走了吗？你想不想看白虫子的墓？我刚做好的，虫子还活着的时候就被我放进去了。"

我拽着乞丐的手来到沙堆旁边：“来拜拜它的墓吧。我先来吧？”

“行啊。”

我蹲在墓前拜了拜，然后说：“该你了。”

乞丐站着低下头，把两只手揣进袖子里，朝额头举了三次。

“那个袋子里装的是什么呀？”

乞丐弯下腰拿起袋子，朝门边走去，靠在了门上。

他把手伸进袋子里，抓了一把什么东西拿到鼻子跟前：“啊，真好闻！”他说着便把手里的东西冲着我的手撒下来，橘色的粉末落到了我手上，堆在一起变成了一座小山。

“这是什么？”

“是森林。你没去过森林吧？”

“我从来没从这里出去过。”

“森林可比这里宽敞多了。”

“这里也很宽敞啊，而且就算是森林里的天空也是四方形的吧？”

乞丐抬头看了看，在这个被围起来的院子里看到的天空，确实是四方形的。

这片正方形的天空很蓝、很晴朗。

“你看，天空是四方形的。”

乞丐盯着我看了一会儿，缓缓地说："确实啊，天空是四方形的。"

"那森林里的天空是很大的四方形吗？"

乞丐没有回答我的问题："你把手伸到袋子里，使劲抓一抓里面的粉末，然后松开，再闻闻自己的手试试。"

我把手伸到了袋子里，使劲握住，然后按进了橘色的粉末中。我把抓着粉末的手从袋子里抽出来，橘色的粉末在我的手心里闪着光。我凑上去闻了闻。我似乎是第一次闻到这种味道，但是又觉得好像在哪里闻到过。我不由自主地把手贴到了脸上："真好闻，我也想去森林里。"

"我也想去啊。"

"你是乞丐，想去就能去，但是我去不了，我还只是个小孩子。"

乞丐又把手伸到了袋子里："我也许现在就能去。你想看我从这里飞到森林里去吗？"

"想看。"

"但是只有我的手指能去。只有手指能飞去森林里。"

我忍不住激动起来。

乞丐把左手从袋子里拿出来，右手一把握住左手大拇指："飞上天去吧！"

他左手的大拇指被右手掰了下来，嗖的一声扔上了天。

被掰下来的大拇指朝着蔚蓝的四方形天空飞了出去。

我看到那个大拇指的指甲边缘圆圆的，它在蓝色的天空中看起来红红的。红色的大拇指往四方形的天空中飞着飞着就变紫了，然后变成了一个小黑点，最后消失在了一片蔚蓝中。

我看着乞丐的左手，他的左手只剩四根手指了。

我紧紧抱住乞丐喊道："不好了！很疼吧？你的手指都飞出去了，笨蛋，笨蛋！你的手指头没了啊，多疼啊！"

乞丐把左手伸到袋子里说："没事，现在它就要从森林里回来了。它会从天空中飞回来，从这个袋子里回到我手上。"

我抬头看了看四方形的天空，蔚蓝的天空中什么都看不到。

"你骗人！明明就没回来，就是没了，就是没了！"

"你看，这不是回来了吗？"

乞丐在我眼前晃了晃他的左手，果然，大拇指还好好地长在上面呢。

"骗人，这个是假的大拇指，真的已经飞出去不见了！"

乞丐用两只手摸了摸我的头发，他手上有森林的味道。我心想，他要是能一直这样陪着我就好了。

"你看，这不是回来了嘛。"他把两只手在我面前晃了晃，每只手的五根手指都完好无损。但是，我知道那不是真正的大拇指。

“快走快走，去去去！”我学着父亲的样子，拿起插门的绿色木棍冲乞丐挥了挥。

乞丐笑着出了门，又冲我挥了挥左手。

我发现他把装着烙饼的牛奶罐落在了门口，赶忙拿起来追了过去：“已经不疼了吗？去去去！”

“不疼了，不疼了。”

“去去去，快走快走！”

我一直站在门口看着乞丐的背影。他渐渐走远，看不见了。我一边哭一边拿起绿色木棍，重新把门插好。

我回到沙堆旁，给乞丐的大拇指做了一个墓。

妈妈穿着天鹅绒旗袍，围着狐狸围脖，踩着高跟鞋回来了。

“有人来过吗？”

“嗯，来了个乞丐。我说‘一分钱也没有，去去去’，把他赶走了。”

“是吗？真厉害啊！”

“我还举起木棍赶他了。”

“是吗？真厉害啊！”妈妈摸了摸我的头，忽然惊呼，

“哎呀，你头上怎么了？”她捻起我的头发仔细看了看，“你头上怎么全是锯末？”

妈妈穿着紫色绸缎旗袍，围着狐狸围脖，踩着紫色绸缎绣花鞋，在门口坐上人力车离开了。

我用绿色木棍把六角形的门插好，确保门不会被打开。

我把耳朵贴在门上，静静地听着。隔壁养的鸭子嘎嘎叫着从我家门前路过。

我一直贴在门上听着。要是乞丐来了，我一定要给他看看那根大拇指的墓。

白色原野

我盯着正在穿鞋的哥哥，阿妈也看着他，一副着急的模样。

等哥哥一穿好了鞋，她就抓起他的手夺门而出。哥哥在门口回过头，冲我笑了笑。哥哥要去幼儿园了，所以才会冲我笑。我跟在阿妈和哥哥后面跑了出去，一直跟到家门前的小道里。

走到小道尽头，来到门边，哥哥又冲我笑了笑。但我没有笑。

出了门，外面是四棵并排的高大枣树。我抱住枣树粗壮的树干，用脸颊蹭着粗糙的树皮，目送哥哥去幼儿园。

阿妈和哥哥拐进右边的路，不见了。看不到哥哥的身影，我也就没什么可看的了。

这时，两辆银色的自行车从我旁边飞驰而过。骑自行车的是两个穿着蓝色衣服的中国女学生。她们和哥哥一样，肩膀上背着蓝色的书包。

两个女学生在第四棵枣树旁边停下，说了几句悄悄话，朝我这边看了看，又推着自行车走了。然后，她们回过头看着我笑了笑。

我松开枣树，朝着那两辆自行车追了过去。她们也拐进了哥哥刚才拐进去的那条路。

我第一次来到了比那几棵枣树更远的地方。

拐过哥哥刚才拐进去的那个墙角，眼前突然出现了一片明亮而广阔的原野。

细细的小路朝着原野延伸过去。女学生拐进了旁边的小胡同，并没有去原野的方向。

她们两个说着悄悄话。我默不作声地跟在闪着银光的自行车后面，银色的自行车会发出银色的声音。

走到这么远的地方，没准回不去家了。因为自行车会发出银色的声音，所以我不知道自己该在什么时候停下来回去。

女学生沿着墙壁往前走着，在柳树下停了下来，把自行车放倒。银色自行车倒下后，车轮还是一直转动着，发出晃眼的银色光芒。

女学生转过身来，冲我笑了笑。我也冲她们笑了笑。笑的时候，肺里进了太多空气，我感觉身体变得软绵绵的。

女学生把肩膀上的书包拿下来，从里面拿出白色手帕铺在地上，坐了下来。

我面前出现了两双并排的天鹅绒鞋子，鞋子上有细细的带子，每只鞋子上面都有一颗黑色的圆形纽扣。

我蹲下来，几乎要趴在地上了，伸出手分别摸了摸鞋子上面的四颗纽扣。

女学生们大笑了起来，让我坐到她们中间。

我穿的是一双有着红色细带的木屐，这时，它正夹在两双黑色天鹅绒鞋子中间。

两个女学生指着我的木屐，叽里呱啦地说着什么。她们说得太快了，我完全没听懂她们在说什么。

我的木屐是新买的，鞋跟上还有蝴蝶图案。为了给她们看鞋跟上的蝴蝶，我把木屐脱了下来。

“好科爱啊。”[①]女学生拿起我的木屐端详着。

“这个是蝴蝶。”

“这个是福蝶。”女学生模仿起我说的话。

“不对，是蝴蝶。”

“胡碟。”

“说得真烂啊。”

“说得真懒啊。”

---

① 这里是表示女学生的日语不标准，不是错别字，下文同。

女学生和我都笑了起来。

“这是谁做的？”

“不是做的，是买的。”

“你的中国话说得很棒嘛。”

“我比我妈妈说得还好呢。”

我又伸手摸了摸女学生鞋子上的纽扣。

“这是女校的鞋子、女校的校服、女校的袜子，还有那个是女校的自行车，这是女校的书包。”

“我也有幼儿园的书包。”其实我根本就没有幼儿园的书包。

“还有幼儿园的衣服呢。”我都不知道自己到底什么时候才能去幼儿园。

“还有，去幼儿园穿的拖鞋我有一百双呢。”哥哥去幼儿园的时候，穿的是有鞋带的皮鞋。

“真有钱啊！”女学生说。

不过我知道，世界上最有钱的人是去女校上学的中国人。爸爸总是这么说。

“你们没有木屐吧？”

“木屐是没有，不过有很多双布鞋，大家会在鞋面绣上图案，粉色鞋子跟粉色衣服会绣上一样的图案。”

“什么图案？”

“各种各样的都有啊，玫瑰花、小鸟，还有太阳花。”

“但是没有蝴蝶吧。”

“蝴蝶也有啊。”

“和这个一样的？”

“那倒是不一样。”

“唉，这个图案如果拿去做衣服的话也不错呢。”女学生拿起我的木屐，一边摸着上面的蝴蝶图案，一边和同伴飞快地聊了起来。

一个女学生说可以把我木屐上的蝴蝶绣到衣服上去，她想做一件蓝色的裙子，然后在裙摆上面绣上白色的大蝴蝶。另一个女学生也想要这样的裙子，只不过是绿色的。

我木屐上的蝴蝶因为要变成蓝色裙子和绿色裙子上的刺绣而翩翩飞舞了起来。

“给你个好东西，很特别的。”女学生打开书包拿出一瓶汽水，又拿出一包亮黄色包装、四四方方的东西。她把汽水瓶搁在柳树的树干上横着一拽，瓶盖飞了出去，里面的汽水冒出了细密的气泡，接着，她撕开四方形的包装袋，露出锯齿状的饼干。她拿出一片饼干，往上面浇汽水。汽水洒到地上，把地面染成了黑色。

女学生把浇了汽水的饼干递给我，我感到很忐忑。

我现在才知道，原来汽水不是拿来喝的，而是拿来浇饼干的。只有这个骑着银色自行车的、世界上最有钱的女学生才知道饼干真正的吃法。

我吃了她递过来的饼干。饼干一半软软凉凉的，一半脆脆的，在我口中轻柔地融在一起。

女学生也在吃饼干，吃了好多片。我心里很清楚，女学生一直都是这么吃饼干的，所以她的吃法非常熟练。但我是第一次吃，就只能吃一片，所以她才只给了我一片。

女学生把吃完后的包装纸揉成一团塞进包里，又把汽水瓶倒过来晃了晃，也塞进了包里。这时，墙角忽然出现了很多骑着银色自行车的女学生。

“等等！”女学生冲她们挥了挥手。

她慌忙地将我的一只木屐塞进书包，另一个女学生把另一只木屐也塞进了自己的书包。

“这个饼干可是很特别的，咱们一物换一物咯。”

她们骑上自行车，一阵风似的匆匆离去。

一大群银色的自行车都朝着原野的方向奔去。那两辆自行车融入其中，和其他自行车一起化作原野上的一片银色光芒。

远处广阔的原野闪着一片耀眼的白色，再后来什么也看不到了。

我光着脚，呆呆地站在那儿。我想哭，但又不知道该什么时候开始哭；想回家，两只脚却动不了，我也不知道自己该什么时候抬起脚。我只好呆呆地望着银色自行车消失的那片白色原野。

在那片白色的原野上出现了一个黑色身影。那个黑色身影离我越来越近，我终于看清那是送哥哥去幼儿园的阿妈。

她找到我的时候，我大声地哭了出来。阿妈到处找我的木屐，我哭得更大声了。我的木屐并没有找到。她拽着我的手来到枣树那里，又找了一通："到底丢哪儿去了？你说话啊，真够犟的，说话啊！"可我什么也说不出来。

阿妈使劲抓着我的手，拽着我往前走，我哭得更大声了。她把我拽进了我家那条窄窄的小道里，我故意用力往后仰着身体让她拽着我。

我听见隔壁家的鸭子在嘎嘎地叫着，然后看到了我家六角形的门。阿妈按了门铃，不知道是谁打开了门闩。门开了，我看到了我家的庭院。

我最里面的牙齿上还粘着饼干残渣，我用舌头舔了舔，又尝到了那种味道。然后，我号啕大哭起来，声音比以往任何时候都大……

后 记

我们出生，然后死去。这个世界上没有一个人可以逃脱这样的命运。我们活在这短暂的生命里。

在电视里看到火箭登陆月球的时候，我觉得男人可真是闲得慌啊。男人们把力气全部用在这份闲暇上，集人类历史之大成，飞上了太空。

女人也够闲的。女人们用那份闲暇来生孩子、养孩子，还有做好了饭等着男人回家。这八成就是被人们称为“爱”的事吧。从揪小花玩的幼儿时期到长成真正的大人，我都做了什么呢?

直到最近，我才知道自己是在不知不觉中修完了如何爱人的课程。在此特别感谢冬树社的中泽洋子女士，感谢她怀着幽默的态度接受了“恋爱论序说”①这个闹着玩的书名。

一九八四年十月

---

① 1984年本书出版单行本时，书名为《恋爱论序说》。2019年本书出版的单行本，书名改为《孩子的季节：恋爱论序说》。

附　录

连光寺清晨的忧郁

谷川俊太郎

一本书出现在这个世界上，是一件多么不可思议的事情啊！白色的纸上排列着平凡至极、我们无比熟悉的文字。但是我们在阅读这些文字的过程中，那白色的纸上就出现了各种各样的颜色，然后这些颜色都拥有了自己的形态：蓝色是天空，灰色是石头，茶色是树干，红色是嘴唇，白色是雪，透明是眼泪……在此之后，云和风、草和虫、孩子的脚和大人的手也都开始动了起来。

神在创造天地和人类时也一定是这样的吧？事物的形态在轰隆作响的混沌中形成、运动，无论多么稳重的人，都会被这种诞生刺激到反胃、回忆起甜蜜的时光，而能达到这种境界的书并不多。这样的书并非源于各种已被人类命名的东西，而是来自充满了难以用语言描述的事物的世界。我想，佐野洋子在创作过程中并没有意识到这些。

颜色、形态和动作皆为语言所孕育。语言虽然也是从语言中诞生，但最初的语言却不是这样。不过，说出“有语言了”这句话的语言，不只存在于遥远的世界起源时的黑暗中，还隐藏在我们现在每天说的、写的、听的、读的文字和声音里。而和语言共生的，就是现实。要区分现实与想象绝非易事。

现实在我们出现在这个世界上之前就已经存在了。有“洋槐树”，还有“有点发黄的落叶”和“漂亮的嫩绿色的叶子”，也有“穿着白色水手服的小健”，而这些事物一同将外部世界与六岁洋子的内心世界联结起来。但是四十年后，如果佐野洋子不去为这些事物命名，那么对于我们来说，它们就无法成为现实。

我们被推进了这本书所描述的世界，看起来朴素，但作者在书中用自己独特的语言讲述的并不是属于大人的感伤回忆，而是直白地重温了自己从孩子成长为大人的过程中所经历的各种时刻。人生在世，如果不去寻找更多新发现的话，是没办法好好活下去的。正是有从语言中诞生的语言、从那无名世界里诞生的语言，还有从混沌中诞生的语言，人们好好活着才成为可能。语言诞生的瞬间，也是现实诞生的瞬间。在日常生活中，语言不一定总是这样产生的。不如说，我们是依赖着从语言中诞生的语言活着，依靠着古往今来的人们创造的各种观念活着。佐野洋子也写过这样的文字，但是她绝不会满足于此。

佐野洋子要写的是文字还没有表达过，甚至是无法表达的东西。她既使用已经存在的语言，也试图挖掘自己内心深处从未被发现的某种未知。这大概就像牙牙学语的婴儿吧。婴儿根据从大人那里学来的词语，去探究自己周围世界的秩序。在这个过程中，他们会产生自己也无法理解的不协调感，而这会让他们时不时地创造出令大人们惊讶的新鲜表达。佐野洋子虽然已经成为大人，却还是非常在意这种不协调感。她不断地回味自己的童年经历，拒绝用确切的名词形容那些难以名状的情感，努力挖掘那些暧昧不清的现实的深意。她只能去凝视那些没有名字的地方、那些卷起旋涡的混沌。佐野洋子就是被这种不安驱使着写作的。

感觉也好，情感也好，原本都是没有名字的。我们为了整理这些情感，就去寻找合适的词语来给它们命名，同时对那些无法准确命名的情感视而不见。而由此带来的稍纵即逝的安心感其实是对事实的背叛。就这样，我们压抑了那些无法命名的、多余的情感，或者干脆将其彻底舍弃。我们常常不接受业已存在的事实，却要通过观念整理世界。对于拥有语言的人类来说，这大概是拥有语言的人类的必由之路。人类就是只有通过发现秩序、创造秩序才能艰难存活于世的存在。

然而佐野洋子却能坦诚地接受自己的感受，接受它们存在的事实。她不急于给它们命名，也不对它们进行整理、整顿。不管那个事实是多么令人不快、多么充满矛盾，她也不会转移视线，不会逃避。比如《九岁·初夏》这篇中的铃木先生对“我”的感情，正是因为难以用语言去解释，才会那么生动。我们深信不疑的秩序背后隐藏的混沌，就这样不加修饰地展现在我们面前。正因为它是那么真实，我们才会觉得不快。

写作时的佐野洋子，一定有着一双画家的眼睛。每个动作、每句对话，都如素描一般精确。她用她那双敏锐的眼睛如实捕捉眼前的事物，连隐藏在生活中的事物和人们不想看到的事物也不会遗漏。她绝不会美化自己，而是把自己也当作客观世界的一部分公平地审视。这并不是后天努力的能力，而是一种天性。但是，要去凝视那未被命名的世界，不仅需要天资，还需要勇气，需要冒着自己也可能被溶解在其中的风险。

佐野洋子住在多摩市连光寺。第一次去她家的时候，我经过多摩川之后又走了很久，大概走到了山梨县和神奈川县的交界处。她的家建在小山坡上，被各种树木包围着，是个非常漂亮的地方。在离她家很近的地方，有栋我怎么看都觉得眼熟的建筑。我努力回想了一下，原来那是我小学远足时来过的圣迹纪念馆。发现她家其实也不是多么人迹罕至的地方之后，不知怎的，我感到有点失望，一开始我还在想这附近会不会有熊出没来着。不过，需要画熊的时候，佐野洋子应该会去她家附近的多摩动物园吧。

她在几年前建好的新家有着三角形的屋檐，看起来非常有家的感觉，就像小孩子画的那种房子一样。大概是她觉得家必须要有家的样子吧。那种建筑杂志上的现代住宅会让她感觉很不自在。她养的那条杂种柴犬看起来一点柴犬的样子都没有。可能是因为混了腊肠犬的基因吧，那条狗的腿很短。虽然佐野洋子也对此感到很难为情，但如果有人说桃子（狗的名字）坏话的话，她还是会不高兴。

除了不像柴犬的柴犬，她还养了一只猫，好像是叫阿咪，年纪已经很大了，用人来比喻的话，大概就是宇野千代[①]那个岁数吧。那是一只经常自言自语、很有气质的猫。这只猫会钻进被炉里取暖，也会很开心地吃小鱼干，应该说是一只很有猫样儿的猫。非要说它有什么缺点的话，那就是它非常喜欢吃海苔，喜欢到会把客人嘴里吃了一半的海苔抢走。阿咪死后，佐野洋子感到不知所措，情绪很不稳定。尽

① 生于1897年，日本著名的小说家、设计师，本篇文章作者撰文时，她已经年近九十了。——编者注

管如此，她还是坚称自己不喜欢猫。

这很矛盾吧，但她不怕矛盾，她把矛盾当作乐趣。甚至可以说，她根本不相信不存在矛盾的事物。对于她来说，阿咪并不是一只普通的猫，在一起度过的漫长岁月里，阿咪对于她的意义已经超越了“猫”这一存在。话虽如此，但她也并没有把阿咪当成人来看待，同样也没有把阿咪当成猫咪去疼爱。在她眼里，阿咪是和她一同生活的平等的伙伴。虽然讨厌猫，但她与自己面前的猫是心意相通的。这种情感令她画作和文章中的猫咪们变得栩栩如生。

她的另一位同居者是个寡言少语的大块头青年。这个男人行事非常小心翼翼，一看他那副样子就让人揪心。一听到佐野说咖喱饭不好吃，他就主动去做别的东西；他不会随便动佐野写了一半的原稿；为了和朋友打电话还买了专用电话，当然，这里面也有不想让别人打扰自己煲电话粥的小心思。他煲电话粥的对象有女同性恋、美国政府职员、照顾痴呆老人的好朋友、诗人等，类型非常丰富。有了专用电话，他也就可以放心接电话了吧。

佐野和儿子的关系是好是坏，我一点也看不出来。两个人聊新出的漫画，或是争抢流行的黑色皮质旅行包时看起来很要好，然而一旦涉及教育问题，却又立刻陷入一种剑拔弩张的紧张气氛。每次有报纸邀请她进行关于教育的访谈时，她总是斩钉截铁地拒绝，想必也是因为这个男人让她切实感受到了教育问题之不易，所以她不想去说那些模棱两可的废话。

对于她来说，儿子大概也是一个混沌的存在吧。不管再怎么哭天抢地也不会顺着自己心意发展的奇特生命体，那个年轻的身体和百年前、千年前的人没什么不同，但那个身体一边反抗一边接受的社会，却在不知不觉中发生了改变。佐野洋子通过自己的亲生儿子来面对时代。面对任何事都不会惊慌的她，唯独在儿子的事上像变了个人一样，成了一个愚蠢的母亲。她自己在面对这个世界时毫无畏惧，却因为儿子对世界产生了恐惧。我想这也是一种爱吧。

但是，在我看来，佐野洋子是在认真地维持着这个单亲家庭的。她脚踏实地地度过每一天。她会去常去的鱼店买爱吃的鳗鱼，会开着本田小跑车撞上路标，会在洗手池把刚摘下来的隐形眼镜冲走，会在被儿子的老师挖苦之后偷偷听森进一的歌。她还会和猫一起钻进被炉，用价值五百万日元的钢笔写可能会被收录进这本书里的文章。

佐野洋子不喜欢拥有超过必要限度的钱。她不怕贫穷，却很怕成为有钱人。如果碰巧书卖得好，赚了很多钱，她就会想也不想地去买房子。她现在住的房子虽说是由建筑师朋友设计的，但听说却是上当受骗才买下了建房子的这处土地。不过这种事对于她来说不过是个有趣的谈资罢了。她基本上不会为什么事操心，说她大胆也可以。然而，幽门管溃疡的存在却证明了她其实对真正重要的事是非常认真的。

要说什么才是真正重要的事，我想答案应该是爱。不过，佐野如果听到“爱”这种字眼，大概只会不屑地冷哼一声吧。对于她来说，爱是一件让人感到难为情的事（她的后记中鲜少会出现“爱”这个字）。为了写好不被称为“爱”的爱，佐野洋子使出了浑身解数。一旦把爱说出来，就会让爱走向难以把控的方向。她因为感到难为情而说不出来、写不出来的词语有很多。但这种难为情和被当成日本女性美德的那种羞耻感不同，和日本人独有的对世界的羞耻感也不同。这种难为情的感觉决定了佐野洋子的生活方式，同时塑造了她的写作风格。

* * *

电话那头传来断断续续的声音，说着“我想死”。窗外是春日早上的明媚阳光，我怎么也想不到让人想死的理由，但佐野洋子说她想死。我知道，就算问她为什么也得不到令人满意的回答。她是被一种麻烦的情绪给缠上了。不过，那种情绪恐怕和佐野洋子的本性息息相关。她说自己从小就总是想死。时不时地冒出想死的念头是有必要的，那对于她来说就是活着的能量，也是她创作力的深层根源。

她说自己在想死的时候就会变得不自信，我想大概是因为她迷失在自己的角色中了吧。不过，角色这种东西多多少少都有表演的成分在。在面对没有被命名的世界和语言出现之前的混沌时，人都会迷失在自己的角色中。人类不能指望自己创造出的任何东西，必须亲自和世界赤裸相见。每个人都是孤独的，没有什么能将人类从孤独中解救出来。

站在秩序和健康的角度来看，大概会觉得混沌是不好的、病态的，但对于创作者来说，混沌却是巨大能量的来源。一切都是未被分化的状态，诞生与灭亡共存，快乐与痛苦混杂，虚无与丰饶交织，一切名称都失去意义，自我与他人融为一体，而从这一片混沌中浮现出来的东西大概就是我们所谓的“爱欲”（eros）。然而，当那成为习惯的、僵硬的、化为现实观念的名字消失的时候，爱和死的界限往往就没有那么清晰了。佐野洋子知道，无论我们在日常生活中扮演着怎样的角色，其实本质都扎根于那样的混沌中。

铃木先生摸了摸我的头，动作非常温柔。

我就那么蹲着，感觉快哭出来了，全身的汗毛都竖了起来，浑身发冷。

我明明不想看，但还是忍不住瞥了铃木先生一眼，就像被什么无法抗拒的力量命令着似的。

铃木先生非常温柔地冲我笑了笑。我感觉要恶心吐了，但我知道自己并不会真的吐出来。

——《九岁·初夏》

这里描写的情景虽然很明确，但文中“我”的情感却无法用一个确切的词来描述，无法用这段文字之外的词语来为之命名。在爱与恨被用词语区分之前的感情波动中，隐藏着难以言说的暧昧，而正是这种微妙的暧昧让我们感受到了强烈得令人不安的真实感。应该把它称为少女特有的心动吗？即使是这样，既然身为男人的我也能对这种暧昧的情感产生共鸣，就说明“爱欲”有着无须区分男女的深度。对于佐野洋子来说，爱不是理想，而是无法逃避的现实。

在这本名为《恋爱论序说》的书中，佐野洋子其实什么也没有论述。她不喜欢做论述，因为她知道有些东西——我们自己的身体——会在论述中消逝。“泪水夺眶而出”的身体、“呼呼地喘着粗气”的身体、“微微一笑”的身体、“啊啊地叫着，抱着枕头在热乎的被褥上打滚”的身体、让我们同时感到喜悦与厌恶的身体。然而佐野洋子不惧怕这样的身体，她知道，如果没有这样的身体，我们就脱离了现实。

从被血肉和黏液束缚着“活在这短暂的生命里”的身体中孕育的故事，在讲述身体的同时，接近了超越身体的不朽。即使什么也没有论述，但佐野洋子讲述一切的口吻，已经准确地告诉了我们究竟什么是爱。我认为《恋爱论序说》这个书名既带有幽默和反讽的意味，又有对只会耍嘴皮子的现代人的尖锐批评。在这个人人都疲于奔命的时代，她却断言不管男女都是“闲”的，这不仅是讽刺，应该还可以说是面对着混沌的人类的自负吧。不过，对于佐野洋子本人来说，我这套言论大概除了让人难为情以外也毫无意义吧。

一九八六年

看破缺点的才能

谷川俊太郎

听到佐野说“真是个无聊的男人啊”的时候，我既吃惊又生气。因为她说的那位是和我长年合作的重要的工作伙伴，而他与佐野只是第一次见面。我觉得了解一个人需要花很长时间，所以并不认同佐野的草率评价。“那个人还真是厉害啊！”这是佐野和我的前妻刚成为朋友时说的话，对此我十分认可。

佐野不以地位、财力和教育水平评判他人。我想，比起说的话、写的文章，她更喜欢把一个人平时的气质、给周围人带来的感受作为判断的标准。不知道该不该说她看人很有眼光呢？一般我们都是这样形容那些很会发现别人优点的人的。而佐野则正好相反，她有着看破别人缺点的才能。2004年，佐野获得小林秀雄奖时，我一点也不觉得意外，因为我一直都知道，从本质上来说，佐野就是个批评家。

佐野洋子总说想死，而现在已经死去的她会怎样评价死亡呢？真想听听她的想法。

二〇一九年一月

图书在版编目（CIP）数据

孩子的季节 / (日) 佐野洋子著；马文赫译. -- 福州：海峡文艺出版社，2021.7
(佐野洋子作品集)
ISBN 978-7-5550-2499-6

Ⅰ. ①孩… Ⅱ. ①佐… ②马… Ⅲ. ①散文集－日本－现代 Ⅳ. ①I313.65

中国版本图书馆 CIP 数据核字 (2021) 第 036215 号

著作权合同登记号：图字 13-2021-005

孩子的季节
〔日〕佐野洋子　著；　马文赫　译

出　　版：海峡文艺出版社
出 版 人：林滨
责任编辑：蓝铃松
编辑助理：张琳琳
地　　址：福州市东水路76号14层　邮编350001
电　　话：(0591) 87536797 (发行部)
发　　行：未读（天津）文化传媒有限公司

选题策划：联合天际 · 文艺生活工作室
特约编辑：张雪婷
装帧设计：compus · 汐和
美术编辑：程　阁
原书插画：佐野洋子

印　　刷：三河市冀华印务有限公司
经　　销：新华书店
开　　本：787毫米×1092毫米　1/32
印　　张：4.75
字　　数：81千字
版次印次：2021年7月第1版　2021年7月第1次印刷
书　　号：ISBN 978-7-5550-2499-6
定　　价：45.00元

未 讀 AD DR 文艺家

关注未读好书

未读 CLUB
会员服务平台

本书若有质量问题，请与本公司图书销售中心联系调换
电话：(010) 52435752